住めば都のコスモス荘SSP
それでね……
本当？あははは！
ドドスッ
ず──ん
ド　ドクターマロンフラワー！！

ドスッ
!!
エーデルワイス!!
ザッ
ヒヤシンス!!
――と
その下僕!!
バン
ネルロイドガール……!!
ひ……
ひえ～～ッ!!
だっ
シュゴオオオオォ

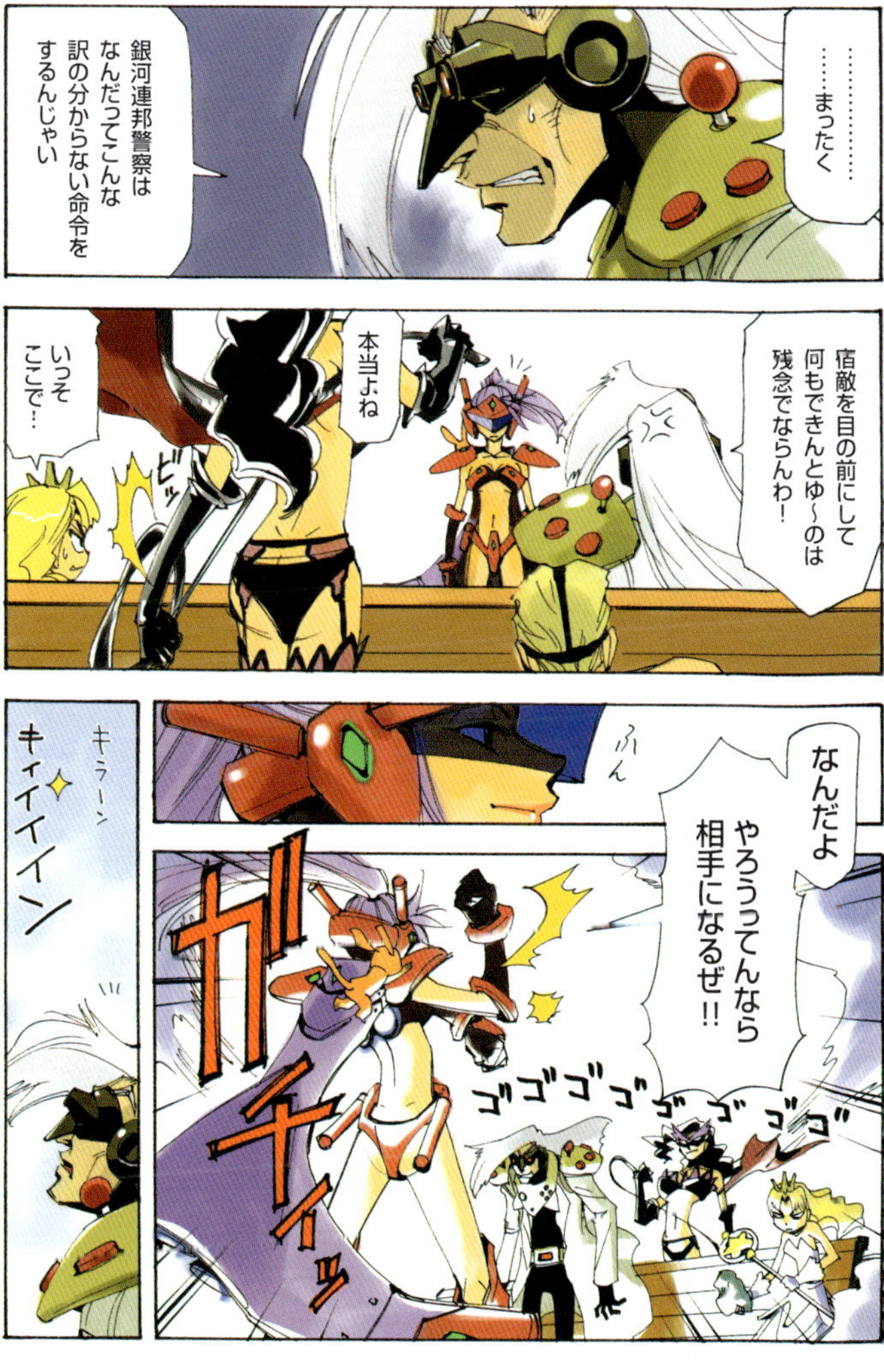
……………まったく…………
銀河連邦警察はなんだってこんな訳の分からない命令をするんじゃい
宿敵を目の前にして何もできんとゆ～のは残念でならんわ!
本当よね
いっそここで…
ビッ
ふん
なんだよやろうってんなら相手になるぜ!!
キラーン
キィイイン
ガチィッ
ゴゴゴゴゴゴゴゴ

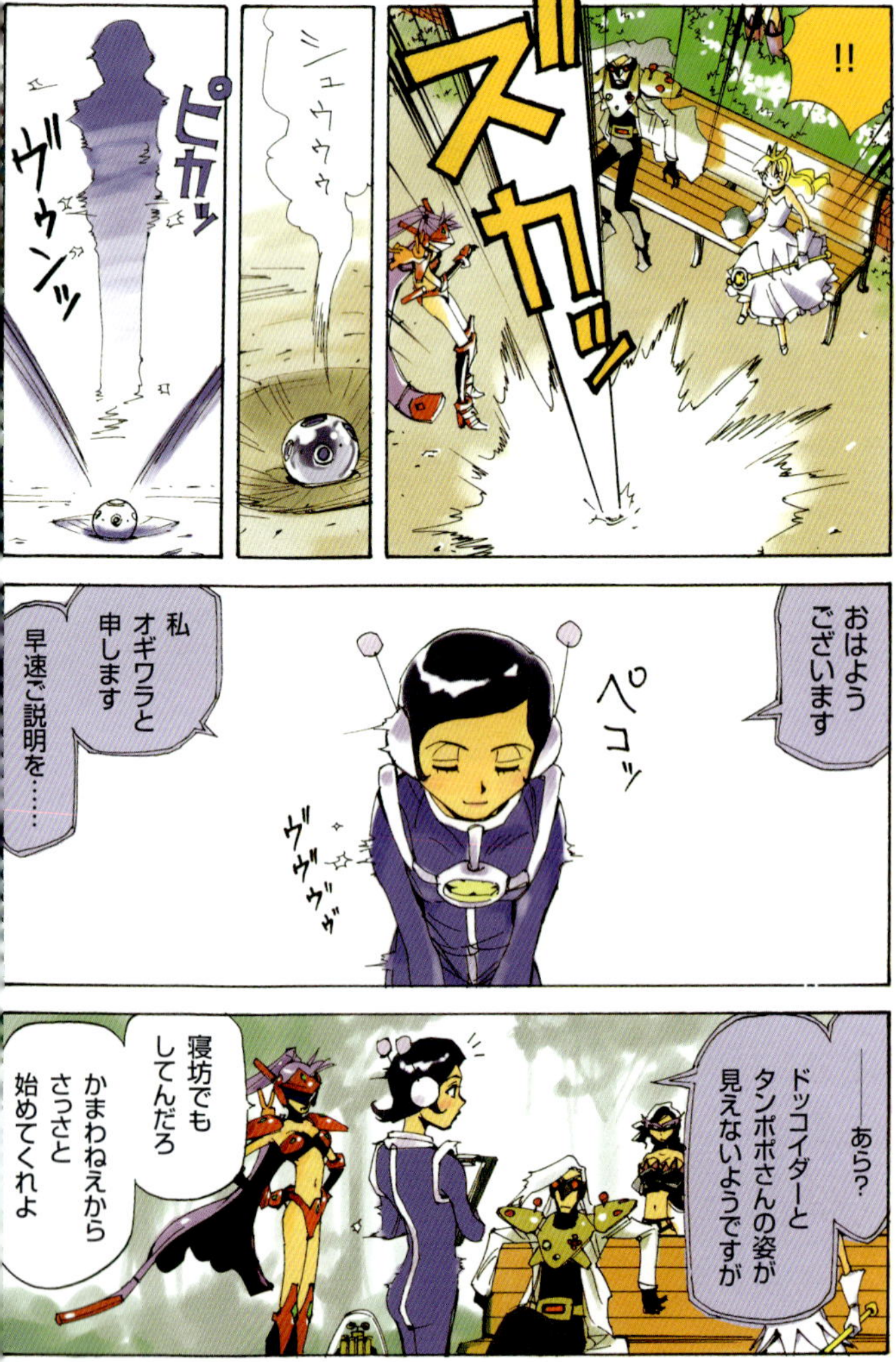
!!
ズガッ
シュウウウゥ
ピカッ
ヴゥンッ
おはようございます
ペコッ
ヴヴヴヴヴ
私オギワラと申します
早速ご説明を……
──あら？
ドッコイダーとタンポポさんの姿が見えないようですが
寝坊でもしてんだろ
かまわねえからさっさと始めてくれよ

……………分かりました
ペラリ
それでは市民感謝デーと定めました本日皆様にやっていただく
奉仕活動についてご説明します！

町を愛するヒーロー
安全
市民のために働きます
ちっこくどうわあ〜〜〜
キコキコキコキコ
遅くまでゲームしてるからよ
お前だって起きれなかったじゃないか!
キーン
キコキコキコキコ

住めば都のコスモス荘
SSP
お久しぶりにドッコイ
阿智太郎
イラスト☆矢上 裕
えへへ
マンガが面白くて
キコキコ
キコ
とにかくだ
遅刻なんかしたらまたバカにされ…
キキィ
ドガッ
はぐッ
ひゅる
ひゅる
ひゅる
ズボッ
あ 来た

CONTENTS

海水浴でドッコイ! ―― 11

宇宙ボンバイエでドッコイ! ―― 71

バレンタインでドッコイ! ―― 117

市民感謝デーでドッコイ! ―― 184

あとがき ―― 237

デザイン／荻窪裕司

住めば都のコスモス荘SSP
お久しぶりにドッコイ

海水浴でドッコイ！

1

千葉県の某海水浴場。

八月も半《なか》ばを過ぎ、残り短い夏休みを謳歌《おうか》しようと集まってきた人々でそれなりに混雑していた。

さんさんと照りつける太陽。打ち寄せる波。キラキラ光る水に戯《たわむ》れる乙女《おとめ》達。男達。子供達。

「夏……………だな」

熱い砂浜に立った鈴雄《すずお》は感慨《かんがい》深げに海を見つめた。

安物の緑色の水泳パンツがミラクル眩《まぶ》しかった。

夏休みの一日。朝香《あさか》が言いだしっぺでコスモス荘のみな様で一泊二日の海水浴旅行に来たのだ。もっとも、次郎《じろう》くんが熱出したってことで梅木《うめぎ》夫妻と次郎くんはお留守番だったけど。

問答無用で参加させられた鈴雄《すずお》だけれども、基本的にはこ〜〜〜〜ゆ〜〜〜遊び系統のイベントは大好きだった。

「よ〜〜〜〜〜し、泳ぐぞ！」

なんてラジオ体操を始めた鈴雄の右足にギュッとしがみつくお子様がいた。

「お待たせ。コーチ」

「お、瑠璃《るり》ちゃん」

『梅木《うめぎ》』と大きな名札の入ったスクール水着には当然女性としての膨《ふく》らみはまだ見られない。だってお子様なんだもん。

瑠璃は鈴雄の足から手を放すと気恥《きは》ずかしそうにスクール水着を見つめた。

「本当ならビキニのすんごいやつ着て来るはずだったのに、ママがダメって言うから」

瑠璃はものすごく不満そうに唇《くちびる》を尖《とが》らした。

胸囲と腹回りがほぼ同じ筒形《つつがた》体系でビキニは早いんじゃないかと思ったが、それは言わないでおくことにした。

先日、風呂《ふろ》上がりの小鈴《こすず》に言ってボコボコにされたからだ。

「スクール水着だって十分かわいいよ。それに、世間じゃそっちの方がいいって奴《やつ》だって多いんだ」

「コーチはどっちの方が好きなの？」

「まぁ、僕も、ど派手《はで》な奴よりはスクール水着の方が。大きく名前が入ってるところなんかがなんか新鮮でいい感じだし。だからってフリルが嫌いってわけじゃないんだよ。重要なのは誰《だれ》が着るかという点であってだな。まぁ、僕に言わせれば身長百四十以上の女の子がフリルってのはちょっと」

「小学生相手に何マニアックなこと言ってんだよ！」

後頭部に強烈な突っ込みが走った。

メンバーの中で突っ込みを得意《とくい》とする人材は二人。その中でこれほどの力を保有するのは彼女しかいない。

「何すんだよ。痛いじゃないか朝香《あさか》……」

鈴雄は振り返り、ちょっと言葉を失った。

理由はいたって単純明解。朝香の水着姿が新鮮だったからだ。

知っての通り朝香はよく鈴雄宅を襲撃する。

お前それ下着だろって格好《かっこう》で襲撃し、ビール瓶《びん》と一緒《いっしょ》に鈴雄宅居間にて一晩中転《ころ》がってることだって多々ある。

それにまだ謎《なぞ》は解明されてないが、夏祭りの事件ではすっぽんぽんだって見てしまった。

それにくらべれば、この程度のビキニなぞ赤ん坊のようなものなのだが……。

それが鈴雄にとっては新鮮だったのだ。

「どうしたんだよ。ボ〜としやがって」

「いや、何でも」

「言わなくても分かる。俺《おれ》のプロポーションがいいんで見とれてるんだろ」

かなり良性に属するプロポーションが鈴雄《すずお》に魔手《ましゅ》を伸ばした。

「いや……だから」

「いいんだぜ。遠慮しなくたって」

朝香《あさか》にいいようにからかわれる鈴雄くん。しかしそのほろ苦《にが》いイジメも長くは続かなかった。

「お待たせ」

なまめかしい声が響いた。

真打ちの登場だった。

声のした方向を見た人々はそこで硬直《こうちょく》し、言葉を失った。

鈴雄は頭の中で呟《つぶや》いた。

上には上がいる。

まあ、着替える前から想像はついてたわけだが、沙由里《さゆり》である。

「あれには勝てんな」

負けた朝香が悔《くや》しそうに呟く。

「勝てないね」

はなっから勝負にならない瑠璃《るり》も爪《つめ》を嚙《か》んだ。

「どう？　鈴雄ちゃん。この水着」

「え、ああ。とってもいいです」

「この日のために用意したのぉ。見て、このラインが今年の流行なのよ」

沙由里はビキニのブラの模様を指さした。

針でつつけばパンと音をたてて爆発しそうなマシュマロを前に、鈴雄はゴクリと唾《つば》を飲み干した。

瑠璃の頬《ほお》にふくらし粉が注入された。

「コーチ！」

怒りの波動が交じった声でそう言うと鈴雄の手を思い切り引っ張る。

「早く泳ぎに行こ」

「え、ああ」

瑠璃に強引《ごういん》に引っ張られながら波打ち際へと歩く鈴雄は奇妙な感覚に襲われた。

何か違和感《いわかん》があったのだ。拭《ぬぐ》い切れない違和感。

まるでソースのかかってないカレーを食べるよ〜〜な……紅《べに》ショウガと青海苔《あおのり》抜きの焼きソバを食べるよ〜な、ネギの入ってない味噌汁《みそしる》を飲むよ〜な物足りない感じ。

当然あってしかるべきものの欠落、それが違和感の正体《しょうたい》だった。

「そうか」

鈴雄《すずお》は気がついた。

こんなイベント時には先頭に立ってはしゃぐはずの脳天気娘《ノーテンキ》が見当たらないのだ。

「小鈴《こすず》は？」

鈴雄は足を止めると辺《あた》りをきょろきょろと見渡し、小鈴を見つけた。

ピエールが突き刺した巨大パラソルの下で小鈴はチョコンと座っていた。

普段《ふだん》の飛び出て弾《はじ》ける元気のオ～ラが全く感じられなかった。

感じられるのはゆ〰〰うつで暗澹《あんたん》たる重苦しいオ～ラのみ。

話しかけるのさえためらってしまうような重さなのだ。

それでも鈴雄は、増えるGの中、必死に小鈴の脇《わき》まで向かった。

そして小鈴を見下ろし尋《たず》ねる。

「どうしたんだよ。お前らしくないな。体の具合でも悪いのか？」

「駄目《だめ》だよ。コーチ」

瑠璃《るり》が鈴雄の手を引っ張ると小声で言った。

「小鈴ちゃんはね………」

強引《ごういん》に鈴雄をしゃがませた瑠璃は鈴雄の耳にごにょごにょと告げた。

「カナヅチ？」

「うん。クラスで一人だけ25メートル泳げないのが小鈴ちゃんなの」

「25メートル泳げないって……全然全く泳げないってことじゃないか」

「駄目だよ。小鈴ちゃんけっこう気にしてるんだから。小鈴ちゃんの前でこのこと言っちゃ」

「あのさ」

小鈴は上目使《うわめづか》いに鈴雄と瑠璃を見上げると、ジト目で言った。

「しっかり聞こえてるんだけど」

息のつまるような気まずい沈黙……。

「なはははは」

「あははは」

鈴雄と瑠璃はとりあえず笑って誤魔化《ごまか》した。

「しかし、まあちょうどいいじゃないか。ここで泳げるようになればクラスの連中を驚かしてやれる」

「無理《むり》だよ」

「心配するなって。お前基本的な運動神経は悪くないんだから、コツさえ覚えればすぐ泳げるようになるさ。それに塩水ってのはな、普通の水よりも浮きやすいようになってるんだ」

ためらう小鈴にたたみかけるように鈴雄は続けた。

「僕がしっかりコーチしてやるよ」

その瞳《ひとみ》は、夏にふさわしい熱血コーチの瞳だった。

すっかり蚊帳《かや》の外で、ふくらし粉を発酵《はっこう》させていた瑠璃《るり》だったが不意に表情が変化する。

これはもしかしたらものすごくおいしいんじゃない？

なんてったって熱血コーチなのだ。

熱血して、コーチと一つになってやり遂《と》げた時、新たな一歩が開かれる。

瑠璃はにんまりと笑うと鈴雄の前にしゃしゃり出た。

「コーチ。実は瑠璃も水泳が苦手《にがて》なんです。一メートルも泳げません」

その隣《となり》で小鈴《こすず》がおやっと首を傾《かし》げる。

「瑠璃ちゃん。女子の中では一番泳げるじゃん。水泳大会のリレーの選手にだって選ばれて」

「とりゃあ」

瑠璃のさりげない裏拳《うらけん》が小鈴を黙らせた。

「そうだったのか。じゃ、瑠璃ちゃんにもコーチだな」

「はい、手取り足取り、もうねっちょりするまで教えてください！」

「よ〰〰し、それじゃ波打ち際までウサギ跳びだ」

「はい、コーチ」

鈴雄と瑠璃は仲良くウサギ跳びを始めた。

小鈴は憂《ゆう》うつそうに溜《た》め息《いき》を吐き出すと二人の後を追いかける。

それでも律儀《りちぎ》にウサギ跳びするところが小鈴らしかった。

2

「水泳の基本は水に顔をつけることだ」

熱血コーチは腰に手を当てるときっぱりと言った。

「それじゃ、僕が見本を見せるから、その通りにするんだぞ」

鈴雄は海面に顔をつけた。

と、後頭部に強い力が加わる。後ろから伸ばされた手に押さえつけられたのだ。

「ぶわっち！」

しこたま海水を飲み込んだ鈴雄がなんとか水面から顔を出すと、そこには笑いころげる朝香《あさか》がいた。

「何すんだよ。僕を殺す気なのか？」

「悪い悪い。あんな格好《かっこう》されてると押さえたくなっちまうんだよ。それより鈴雄、あのブイのところまで競争しようぜ」

ゴーイング我が道の朝香が強引《ごういん》に鈴雄の手を引っ張る。

鈴雄は色白の貧弱《ひんじゃく》な腕で朝香を振り払うと言った。

「悪いな朝香。僕はこれから泳げない二人に水泳のコーチをしなくちゃいけないんだ。お前とれない。


遊んでる暇《ひま》はない」

「何？　お前ら泳げないのか」

朝香《あさか》は驚いた表情で瑠璃《るり》と小鈴《こすず》を見渡すとにんまりと笑った。

「そ〰〰ゆ〰〰〰ことはお姉さんに言いなさい」

ドンと胸を叩《たた》く。まぁバスト80は間違いなくあるから、効果音は「ボ〰〰ン」が正解かもし
「俺《おれ》がミッチリコーチして泳げるようにしてやる。でもここいらじゃゴミゴミしてて満足に練習できないな」

朝香はビシリとはるか遠くに見えるブイを指さした。

「あそこまで行けば空《す》いてて思い切り練習できるだろ。それじゃあっちで待ってるからな。早く泳いでこいよ」

朝香は水の中に姿を消した。

ど〰〰しよ〰〰もない間が賑《にぎ》やかな海水浴場の一角に渦巻《うずま》いた。

「今まで気がつかなかったけど、あいつアホだ」

ポツリと呟《つぶや》いた鈴雄《すずお》は気を取り直すように二人に顔を向けた。

「それじゃ、二人とも。もう一度最初から始める…」

鈴雄は水に引《ひ》き摺《ず》りこまれ、それ以上の発声は許されなかった。

鈴雄の代わりに頭を突き出した朝香は吐き捨てるように言った。

「馬鹿《ばか》！　軽いギャグだ。分かれよそれくらい。水の中で突っ込みを待ってた俺の気持ちにもなれ！」

ひとしきり喚《わめ》いた後、コホンと咳払《せきばら》いした朝香は顔を小鈴、瑠璃へと向けた。

「よし、それじゃ俺が教えるからな。まずクロールを」

「ちょっと待ってくれよ」

ザッパアンと水中から戻ってきた鈴雄は険悪《けんあく》な表情で立ちはだかった。

「二人には僕が教えてるんだ。朝香は沖でクジラと遊んでなよ」

「水に顔つけてなんて言ってるお前に教えられたら泳げるようになるまでに十年かかっちまうだろ」

「基本が大事なんだよ。いきなりクロールなんて言われたってできるわけないだろ」

「一番大切なもんは慣れなんだよ。できてもできなくてもガンガンやってるうちに体が覚えてくるもんさ」

「いいや基本だ！」

「慣れだ！」

「基本！」

「慣れ！」

「基本基本基本基本！」

「慣れ慣れ慣れ慣れ！」

青空の下、教育方針の違いから喧嘩《けんか》が始まった。

小鈴《こすず》と瑠璃《るり》が友達のお土産《みやげ》にと、海岸で貝殻《かいがら》を二十個ほど拾った頃《ころ》、喧嘩は一応の終結を迎えた。

しかし、和解による終結ではない。

疲労による終結なのだ。

全精力をかけて喚《わめ》き合った二人は、ぜーぜーと息を吐き出した。

喧嘩は復活しなかった。

さすがの二人も、このままではにっちもさっちもいかないことに長い時を経てようやく気がついたのだ。

「こうしよう。お互いに片方をコーチして、明日《あした》どっちが泳げるようになってるか勝負ってのはどうだ」

鈴雄《すずお》の折衷案《せっちゅうあん》だった。

「よ〰〰〰し、いいだろう。ま、俺《おれ》が勝つのは分かってるけどな」

「その言葉、そっくりそのままお返しするよ」

「もし、俺が勝ったら、カッパの格好《かっこう》でキュウリを齧《かじ》りながら人前で泳いでもらうからな」

「もし僕が勝ったら、スイカを頭から被《かぶ》ったスイカ頭女になって砂浜でフラダンス踊ってもらうからな」

史上最強に下らない罰《バツ》ゲームを決めた二人はお互いを睨《にら》みつけた。

二人の瞳《ひとみ》と瞳にバチバチと火花が飛び交った。

「小鈴！　瑠璃！」

朝香は砂浜で貝殻を拾う二人に顔を向けると端的《たんてき》に尋《たず》ねた。

「どっちの方が泳げるんだ」

「え？」

「どっちの方がちっとは泳げるんだ？」

朝香の質問に瑠璃の脳味噌《のうみそ》がクルクルと回転した。

泳げるようにした方が勝利するという勝負をするようだ。

朝香としては少しでも泳げる方を選ぶだろう。

自分は鈴雄にコーチされたい。

瑠璃の聡明な頭脳が一つの結論を弾《はじ》き出した。

「小鈴ちゃんの方が瑠璃よりはちょっと泳げるよね」

瑠璃はいけしゃあしゃあと言った。

「え！」

「そうよね」

一言、一言、コンクリートに刻《きざ》みつけられるように言われたら小鈴《こすず》としては頷《うなず》くしかない。

コクリ。

「そうか。これで決まったな」

朝香《あさか》は手を伸ばすと小さな腕を掴《つか》んだ。

「へ？」

小さな腕の持ち主は思わず目を点にした。

「ハンデだ。小鈴はくれてやる」

瑠璃《るり》の綿密な計算に崩《くず》れが生じた瞬間だった。

「いやぁ！　瑠璃はコーチと一緒《いっしょ》がいいの！」

瑠璃は朝香の手を振《ふ》り解《ほど》こうと身をよじるが、そんなことを許す朝香お姉様じゃないのだ。

「わがまま言うな。いいから俺《おれ》に任せとけ。日が暮れるころには三千メートル泳げるようにしたるからな」

「いやぁあああああ」

瑠璃はさらわれて行った。

止める暇《ひま》もなかった。

「瑠璃ちゃん。かわいそう」

「ま、殺されることだけはないだろう」

「ごめんね」

小鈴はペコリと頭を下げた。

「どうした？」

「だって、お兄ちゃんカッパの格好《かっこう》してキュウリ齧《かじ》りながら泳がなくちゃいけないから」

「おいおい、それは負けた時の話だろ。大丈夫だ。基本を重視した僕の教え通り練習すれば、一時間もすれば犬かき、二時間もすれば平泳ぎ、三時間もすればクロールだってマスターできるぞ」

ものすごく憂《ゆう》うつな溜《た》め息《いき》を吐き出す小鈴の肩に手を置いた鈴雄は、夏の太陽を指差し、叫んだ。

「黙って僕について来い！」


そして三時間後。


小鈴は、黙って鈴雄について行った。

鈴雄の主張する、基本を重視した練習を黙々《もくもく》とこなし続けた。

が、にもかかわらず……。

ばた足二メートルが限度だった。

水泳レベル3である。

「何故《なぜ》だぁぁぁぁ。どうして泳げるようにならないのだぁぁぁぁ」

頭を抱《かか》える鈴雄《すずお》の脇《わき》で小鈴《こすず》は諦《あきら》めたように吐き出した。

「もういいよ。アタシは一生泳げないままでもいいもん。海のないところで暮らすもん」

「でもなぁ、泳げないと困るんだぞ。船が沈没した時なんかに」

「泳げたって水が冷たくて死んじゃうもん。一般客は最後だもん。ボートがないんだもん。笛を吹かないと助けに来てくれないもん」

意味不明なことをのたまって小鈴は浜辺へと向かう。

「おい、小鈴」

「いくら頑張《がんば》ったって、駄目《だめ》なもんは駄目なんだもん！」

鈴雄が止めるのも聞かずに小鈴は海の家の方へと行ってしまった。

「ま、休憩《きゆうけい》ってことにするか」

浜辺へ上がった鈴雄は砂浜に腰を下ろした。

鈴雄が思っていた数万倍も小鈴の上達は悪かった。

しかしそれなりの手応《てごた》えはあった。

そう、泳ぎ始めてすぐ襲ってくる最初の苦しい波、そこを乗り越えられないでいるだけなのだ。

もう少し我慢《がまん》できれば、波を越えさえできれば、あとの上達は早いはず。

「ど〜〜しよ」

このままでは冗談《じょうだん》抜きでキュウリカッパになりそうだから鈴雄は頭を抱え込んだ。

「すっずおちゃ〜〜〜〜〜〜〜〜〜ん」

頭を抱えてふんころがしを待っている鈴雄の耳にチョコレートで絡《から》めたような甘《あま》い声が聞こえてくる。

振り返ると、ビーチパラソルの下、寝転《ねころ》がる沙由里《さゆり》が手を振っていた。

「沙由里さん」

沙由里は右手でこいこいとしている。

鈴雄は立ち上がるし寝そべる沙由里のもとへと歩み寄った。

「なんすか？」

「暇《ひま》だったらオイル塗って」

ブラのひもはすでに解《ほど》かれていた。

「オイルですか」

鈴雄はゴクリと唾《つば》を飲み込んだ。

沙由里の背中にオイルを塗る。

二十歳《はたち》になっても清い体が続く鈴雄《すずお》にはちょっとばかし酷《こく》な仕事だった。

「そ〰〰ゆ〜のは、できればピエールさんに」

「ピエールならそこでゴムボートに空気入れてるわよ」

沙由里《さゆり》が指さした方向を見ると、水泳パンツのピエールが必死に働いていた。

傍目《はため》からでも苦労しているのが分かる。なにせストローでゴムボートを膨《ふく》らませているのだ。

それでもピエールは自分の行動に疑問を覚えてないのか一生懸命《けんめい》やっていた。

「あの、普通、ポンプ使うんじゃ」

「あの馬鹿《ばか》、家に忘れてきたのよ。それに変身前の生身《なまみ》の体の方も鍛《きた》えておいた方がいいと思ってね」

「生身の体？」

「なんでもないわ。それより早くオイル」

沙由里は誤魔化《ごまか》すように笑うと鈴雄の手に日焼け止めオイルを手渡した。

「やるしかない……ってことか」

鈴雄は覚悟《かくご》を決めて沙由里の脇《わき》に腰を下ろした。

手にぬるっとした感触《かんしょく》のオイルをたらす。

それを震える手で沙由里の背中に塗りつけた。

なまめかしい白いうなじからヒップにかけてのラインが青少年の純情な神経を刺激する。

気を紛《まぎ》らわすため、鈴雄《すずお》は沙由里《さゆり》に話しかけた。

「何か泳げるようになるいい方法って知りません？」

「え？　どういうこと」

「実はですね」

鈴雄は一部始終《しじゅう》を沙由里に話した。

小鈴《こすず》が泳げないということ。

自分がコーチしているということ。

朝香《あさか》と勝負してること。

もし負けたらカッパでキュウリだということ。

「なるほど」

一部始終を聞き終えた沙由里はしばし考え込んだ後に口を開いた。

「こてこてだけどいい方法があるわよ」

「どんなのです？」

「名付けて」

「……名付けて」

沙由里はもったいぶるように唇《くちびる》を嘗《な》めてから厳《おごそ》かに言った。

「助けて小鈴ちゃん作戦」

「助けて……小鈴ちゃん……作戦」

そのたいしてありがた味もないネーミングに、何故《なぜ》か鈴雄はゴクリと唾《つば》を飲み込んだ。

3

「お兄ちゃんに悪いこと言っちゃったかな」

膝《ひざ》を抱《かか》えて砂浜に座り込んだ小鈴は海を見つめててポツリと呟《つぶや》いた。

何故海を見ているかと言えば、とりたてて理由もなく、ただ海以外に見るもんがなかったからだ。

「でも水泳だけは駄目《だめ》なんだもん」

小鈴は昔、まだ自分が自分の故郷の星の学校にいた頃《ころ》を思い出した。

無重力プールでもがく自分。

まだ空気があるだけましだった。

この星の水泳は息継ぎしなけりゃ死んでしまうデンジャラスなものなのだ。

「はあああああ」

特大の溜《た》め息《いき》を吐き出した小鈴の後ろからその声はかけられた。

「小鈴さん」

小鈴は振り返り、露出度《ろしゆつど》も控え目、大人《おとな》しい水着の栗華《くりか》を見上げた。

水着も、そして栗華《くりか》の髪の毛も濡《ぬ》れていない。ついでに眼鏡《メガネ》もそのままだ。

「栗華お姉ちゃん。今海に来たの？」

「少し防水加工してもらうのに時間がかかってしまいました」

「防水加工？」

「いえなんでもありません。ところで、小鈴《こすず》さんは泳がないんですか」

栗華の問いに、小鈴は目を反《そ》らすとバツの悪そうな顔で呟《つぶや》いた。

「アタシ……泳げないの」

「大丈夫ですよ。浮輪がありますから」

栗華はブルーの浮輪を差し出した。

「さ、私と一緒《いっしょ》に行きましょう」

「ううん。栗華お姉ちゃん一人で行ってよ」

小鈴は浮輪を受け取ろうともせず首を横に振った。

「今海に戻ったら、またお兄ちゃんに水泳の特訓させられるから」

「鈴雄《すずお》さんが先生ですか」

「うん。すっごく厳しいの」

「ふふ。妹思いの優《やさ》しいお兄さんですね」

「違う。お兄ちゃんはアタシが泳げないとカッパでキュウリだから。だから一生懸命《けんめい》やってるの」

「カッパでキュウリ？」

「朝香《あさか》お姉ちゃんと勝負してるの。明日《あした》までにアタシが泳げるようにならなくちゃ、お兄ちゃんはカッパでキュウリなの。それが恥《は》ずかしいから鬼《オニ》コーチになってるの」

小鈴は早口でそれだけ言うとまた黙りこくった。

栗華は、しばし顎《あご》に指を当てて考えていたが、やがて口を開いた。

「そんな気持ちも多少はあるでしょうが、たとえカッパでキュウリでなくても鈴雄さんは同じようにすると思いますよ」

「え？」

「少し前、鈴雄さんの子供の頃《ころ》の話を聞いたことがあります」

小鈴の脇《わき》に、同じように腰を下ろした栗華は、海を見つめながら言った。

「鈴雄さんは小さい頃、どうしようもないくらい無器用《ぶきよう》で、そして何もできない子供だったそうです」

「お兄ちゃんが……」

「ええ、何をやっても人並みにできないから、友達にも相手にされなくてずっと一人でいたんだそうです」

「へ〜〜、そうだったんだ」

「でも、そんな中、一人の保母さんだけが、鈴雄《すずお》さんにつきあって、いろいろと教えてくれてたんですね」

「ふむふむ」

「そして気がついたら、鈴雄さんは砂山にトンネル掘ることでは県下一になってました」

「県下一って、そんなこと分かるもんなの?」

「静岡県の幼稚園児砂山トンネルコンテストで優勝したそうです」

「静岡県って変わった大会があるんだね」

「鈴雄さんはその時に気づいたそうです。駄目《だめ》人間と呼ばれてる自分でも、頑張《がんば》ってやればなんとかなるんだって」

栗華《くりか》は眼鏡《メガネ》の中の優《やさ》しい瞳《ひとみ》を小鈴《こすず》へと向けた。

「小鈴さんにもそのことを気づかせてあげたいのではないでしょうか?」

まるでどっかから拾ってきたような都合《つごう》のいい話だった。

だけど、小鈴はそ〰ゆ〰〰話が嫌いじゃなかった。

小鈴はよいしょと立ち上がった。

「アタシ、練習に戻るね」

「浮輪、いらないのですか?」

「うん。もう少し頑張ってみる。ま、駄目だと思うけど」

「応援してますよ」

「あはは、期待しないでよ。頑張ったってできないことだってあるんだから」

小鈴は青空を見上げると冗談《じょうだん》混じりの口調で呟《つぶや》いた。

「あ〜あ、鮫《サメ》にでも追いかけられなきゃアタシなんか泳げるようになんないかも」

トコトコと海岸へと走って行く小鈴。

その筒形《つつがた》体型を見つめながら、栗華はポツリと呟いた。

「鮫…………ですか」

深刻《しんこく》そうに考える栞華の後ろから海の民が姿を現す。

今時、売ってることさえ謎《なぞ》なシマシマ模様の全身タイツ水着。

水中眼鏡、シュノーケル、浮輪にサーフボード、そしてモリ。

海の民の正体《しょうたい》は、栗三郎《くりさぶろう》だった。

このファンキーな老人も海は大好きだったのだ。

「何をしておるんじゃ。せっかく防水加工してやったんじゃ。早く泳ぎに行くぞい」

海に吸い付けられるように走り出す栗三郎の持つサーフボードの端を栗華はぎゅっし摑《つか》んだ。

「お祖父様《じいさま》。実はお願いがあるんですけど」

「お願いじゃと」

「はい、作っていただきたいものがあるんです」

それが何なのか、それは秘密なのである。

4

「鈴雄《すずお》ちゃんならその海岸脇《わき》をずっと行ったとこに行ったわよ」

見当たらない鈴雄を探してキョロキョロしている小鈴《こすず》に沙由里《さゆり》はそう告げた。

「なんか、邪魔《じゃま》な人があまりいなくて、水泳の特訓をするにはもってこいの場所があったとかで」

「あっちだね。ありがと。沙由里お姉ちゃん」

「いえいえ、どういたしまして。早く行ってあげた方がいいんじゃないかしら。大変なことになってるかもしれないから」

「はぁ？」

沙由里の意味不明の言葉に小首を傾《かし》げた小鈴だったが、さほど気にすることなくトコトコ歩き出す。

沙由里の言った通り、あまり人が……っていうか人が全然いなくて、それなりに開けた小さな入《い》り江《え》へと出る。

海の青さが眩《まぶ》しく、落ち着いた感じの入り江だ。

どうしてこんなとっときの場所に人がいないんだろう？

不思議に思いながら浜辺へと向かった小鈴の耳に、鈴雄の悲鳴が飛び込んだ。

「助けてくれぇぇぇぇぇぇ！」

声のした方向を見ると、入り江の真ん中あたりでバシャバシャやってる鈴雄がいた。

頭が浮いたり沈んだり、その表情は苦悶《くもん》の色に染められている。

泳いでるようには見えない。どちらかと言えば溺《おぼ》れてるって雰囲気《ふんいき》だ。

「突然《とつぜん》、股脇《またわき》二等筋が痙攣《けいれん》を起こしたんだ！」

やっぱり溺れているらしかった。

「助けてくれぇぇぇぇ。小鈴」

「お兄ちゃん！」

小鈴は慌《あわ》てて足を水に突っ込み、そして止まった。

水深は、けっこうありそうだった。

鈴雄までの距離は少なく見積もっても25メートル。自己記録を23メートルも超さないとたどり着けない。

しかも今回は、鈴雄を助けて戻ってくるという今世紀最大のミッションまでおまけに付いている。

ミイラ取りがミイラになる。

魚取りが魚になる。

レスキュー隊員が土左衛門《どざえもん》になる。

そう考えると、どうしても躊躇《ちゅうちょ》せざるをえないのだ。

「やっぱ人を呼んでくる！」

クルリと背を向け小鈴《こすず》は駆け出した。

「駄目《だめ》だぁ、ここから人のいるところまでどんなに急いでも片道二分はかかる。往復で四分だ。お兄ちゃんの体力はあと一分ももたない。差し引きして三分。三分も息を止められたら人間が蘇生《そせい》する確率はぐううううんと低くなるんだぁぁぁ」

本当に溺《おぼ》れているのかと疑いたくなるほど冷静な分析だが、もちろん小鈴は気にしない。

「…………」

小鈴は足を止め振り返った。

さすがにこのままではヤバイというのを肌《はだ》でビンビンと感じ始めたのだ。

自分が何かをしなければ、鈴雄《すずお》が死んでしまう。

自分が助けなければ、鈴雄はのび太くんのお友達。

「待ってて。今行くから」

意を決した小鈴が水に飛び込もうとしたその時！

「大丈夫ですかぁぁぁぁぁぁ」

金髪のお兄さんがゴムボートで現れた。ものすごいスピードでオールを漕《こ》ぐお兄さんのボートは常識を超えたスピードで鈴雄に突進する。

「ピエールお兄ちゃん！」

小鈴が華《はな》やいだ声を上げた。

「安心してください。私はこう見えても、動物園で働く前は宇宙レスキュー隊員だったんです」

ボートを鈴雄に横付けしたピエールは手を鈴雄に差し伸ばした。

「さ、摑《つか》まってください。鈴雄さん！」

ピエールの瞳《ひとみ》は燃えていた。人命救助に燃える瞳だった。

「違うんですピエールさん」

シナリオの狂いに戸惑《とまど》い、なんとか修正をかけようと小声で囁《ささや》く鈴雄だったが、もちろんそんなもんは燃えるピエールには届かない。

「手を摑む力も残ってないんですね」

ピエールはなんとも自分勝手《がって》に解釈してくれた。

「分かりました。今私が飛び込んでお助けします。桜咲《さくらざき》さん。もう少し頑張《がんば》ってくださ……」

「こん、大馬鹿者《おおばかもん》があああああ」

突如《とつじょ》、どこからか飛んで来た沙由里《さゆり》の飛び蹴《と》《げ》りが見事にピエールの横面に炸裂《さくれつ》した。

ザッパアアアアアアアアン！

「せっかくの作戦が台無《だいな》しじゃない！」

沙由里《さゆり》はプカプカと浮かぶピエールをフックにひっかけると、鈴雄《すずお》と小鈴《こすず》に向かってにっこりと微笑《ほほえ》んだ。

「どうも、お邪魔《じゃま》しました。迫真《はくしん》の演技を邪魔しちゃってごめんなさいね」

それだけ言い残すと沙由里はボートを漕《こ》いで行ってしまった。

静寂《せいじゃく》が後には残った。

「なんだったんだ？」

「お兄ちゃん……」

「え？」

見ると小鈴が自分をとてつもなく懐疑的《かいぎてき》な瞳《ひとみ》で見つめていた。

その時になって、鈴雄は自分が溺《おぼ》れていないことに気がついた。

「うわぁぁぁぁ。小鈴ぅぅ。助けてくれぇぇぇ」

気を取り直して溺れ始めたが、小鈴の懐疑的な瞳は元には戻らなかった。

「ど〜〜〜〜ゆ〜〜〜〜〜ことなの。お兄ちゃん」

腰に手を当て、自分を睨《にら》みつける小鈴の姿は、それなりに恐ろしかった。

「あははは」

鈴雄は笑って誤魔化《ごまか》したが、すぐにその程度で誤魔化されてくれないことに気がつく。

「実はさ、おしばいなんだ？」

「おしばい？」

「ああ、こうでもすれば、必死になってお前が泳げるようになるんじゃないかって、ははは。いいとこで邪魔が入っちゃったな」

　プス。

　鈴雄のこめかみでいい音が鳴った。

　小鈴が足下に転《ころ》がっていたウニを投げつけたのだ。

「いてぇぇぇぇぇぇぇ」

「お兄ちゃんの馬鹿《ばか》！　本気で心配したんだから！」

　小鈴は全精力をかけそう叫ぶと踵《きびす》を返して去って行く。

「助けて小鈴ちゃん作戦、しっぱいってことか………。やっぱまずかったかな。こ〰〰ゆ〰〰反則」

　岸に向かおうと泳ぎ始めた鈴雄の目が突如《とつじょ》見開かれる。

「う！」

　ピクリと来た。

　足にピクリと来て、動かなくなってしまったのだ。

「小鈴！　助けてくれぇぇぇ」

　慌《あわ》てて助けを求めようと大声を張り上げる。

しかし、小鈴《こすず》は振り返ると、皮肉《ひにく》げにフンと鼻を鳴らして一言。

「もう騙《だま》されないから」

「違う、今度は本当に足がつったんだ」

いくら鈴雄《すずお》が声を張り上げても、小鈴が振り返ることはなかった。

「本当なんだぁぁぁぁ」

鈴雄の悲痛の叫びが入《い》り江《え》に木霊《こだま》した。

5

民宿『海波邸《うみなみてい》』。

その古ぼけた民宿の二階では、不安と心配が渦巻《うずま》いていた。

本来なら、コスモス荘海水浴盃争奪《はいそうだつ》花札大会が始まっているはずなのだが、行方《ゆくえ》不明者がいる今、状況が許さない。

「やっぱり変だよな。もう海水浴場も閉まってるだろうし」

朝香《あさか》が口を開いた。

しかし、あの言葉は言えない。

あの二字熟語は今ここでは禁句《きんく》なのだ。

あの言葉を言ったら最後、崖《がけ》っぷちぎりぎりで持ちこたえてるこの緊張《きんちょう》がぷっつんしてしまうのだ。

「ピエール。どこ行くの」

立ち上がり、襖《ふすま》を開けようとするピエールに、沙由里《さゆり》の声が飛んだ。

「いえ、その。旅館の方に状況を説明しようと」

「止《や》めとけ。さっき聞いたことをまとめて栗華《くりか》の奴《やつ》が代表して行ってるからよ」

「そうなんですか？」

「あああああ！」

ピエールが言ってしまった禁句《きんく》に、静まっていた空気が騒然《そうぜん》とした。

遭難《そうなん》！

命にかかわるような災難に合うこと。

「アタシのせいなの！　アタシが助けなかったから」

小鈴が畳《たたみ》につっぷして絶叫《ぜっきょう》した。

「あの時、あの入り江が、シビレクラゲ発生地区だってことを知ってたら………」

「そうよ。小鈴ちゃんのせいよ。もしコーチにもしものことがあったらど～するのよ」

瑠璃《るり》が泣きじゃくりながらタンポポにくってかかる。

両腕を振り回し、相手をポカスカと殴《なぐ》る瑠璃瑠璃アタックを敢行《かんこう》しようとするが朝香によって止められた。

「瑠璃《るり》、小鈴《こすず》を責《せ》めるのは止《や》めろよ。別に小鈴が悪いわけじゃない。一番悪いのは海の家で注意されてたにもかかわらず、すっかり忘れてたあいつなんだからな」

朝香《あさか》は吐き捨てるように言った。

「ったく、どこ行きやがったんだよ。あの馬鹿《ばか》」

と、襖《ふすま》が開いて栗華《くりか》が入ってくる。

小鈴が顔を上げると急《せ》き込《こ》むように尋《たず》ねた。

「民宿の人、なんだって?」

「警察に連絡を入れてくれるそうです。でも今は波が高いから、捜索《そうさく》の船は出せないと」

「俺《おれ》が力ずくで船を出してもらう」

朝香は元気よく立ち上がると襖を開けようと手を伸ばした。

しかし襖は外側から開かれた。

そこには、海の男が立っていた。

どこが海の男だって言えば服装と体格と顔が海の男だった。

「その話! しかと聞かせてもらった!」

海の男はよく日焼けした顔をくわっと動かした。

「誰《だれ》だよ」

「この付近に住む漁師、源五郎《げんごろう》と申す。たまたま、この民宿の主人とバーチャファイターをやるために訪れていて今の話を聞いてしまった」

「バーチャファイターならワシも得意《とくい》じゃぞ」

奥からしゃしゃり出てきた栗三郎《くりさぶろう》に朝香の裏拳《うらけん》が決まった。

重要な会話の邪魔《じゃま》になる人物は許さないのだ。

「この源五郎。この辺《あた》りの海流のことなら知り尽くしておる」

「頼む。船を出して俺らを乗せてってくれ」

「みなまで言うな。最初からそのつもりだ。だがわしの船、源五郎丸は操舵手《かじとり》を含めて二人乗りなのだ。つまり後一人しか」

「アタシ行く！」

小鈴がすくっと立ち上がると熱い瞳《ひとみ》で叫んだ。

「アタシのせいだもん。絶対行く！」

「私が行くわ！」

「お嬢様を危ない目に合わせるくらいならばこのピエールが！」

沙由里《さゆり》とピエールの二人が名乗りを上げた。

「ちょっと、待ってよ。コーチの危機なのよ！　瑠璃が行かなくてど～すんのよ」

「馬鹿《ばか》！　お前らは大人《おとな》しくしてろ。俺が行って見つけてきたるから」

また争いが始まった。

終わるところを知らない争いの中、栗華《くりか》がおずおずと自己主張した。

「あのぉ、私が行っても……」

誰《だれ》も聞いてなかった。

栗華は軽く息を吐き出すと、おずおずと提案した。

「このままでは時間が経《た》つ一方ですし。この際、不道徳ではありますが、ジャンケンか何かでお決めになられたら。その時は私も参加させてください」

「しゃあないな。あれで決めるか」

朝香《あさか》はポケットから何やら取り出した。

花札だった。

コスモス荘海水浴盃《はいそう》争奪《だつ》花札大会は予定通りに実行された。

6

その頃《ころ》、そ〜〜〜なんしちゃった桜《さくらざき》咲鈴雄《すずお》がどこで何をしていたかとゆ〜〜〜と。

「しかしま〜〜〜〜、よかったよな。島があって」

近くの無人島で砂浜に寝《ね》っ転《ころ》がってた。

カモメがいれば陸地がある。

その言葉を胸に、必死にカモメをおいかけて泳ぎ続けたたまものだった。

フンを頭にひっかけられたりもしたけど、頑張《がんば》り続けた成果だ。

僕、負けなかったもんな。

自分の頑張りに、鈴雄はちょっぴり拳《こぶし》を固めた。

「えっと、漂流してたのがほんの二、三十分だから、距離的には大したことないんだろ～けど」

だけど、どっちに海水浴場があるのかすら分からない。

もしこのまま帰れなかったら……。

そして、数十年後。鈴雄のホネはたまたま近くを通りかかった漁船に発見されましたとさ。めでたしめでたし。

「じょ〰〰〰だんじゃない」

ブラッキーな想像を、鈴雄は振り飛ばした。

「明るくなれば、きっと遠くも見渡せるさ。もしかしたら海水浴場見えるかもしれないし、それに漁船だって通りかかるだろ」

一生懸命《けんめい》かはかは笑って元気を取り戻そうとした。

だけど、いかんせん寂《さび》しい。寂しすぎる。

「……おしっこしてさっさと寝よ」

鈴雄は、近くの茂みに入って用を足し始めた。

じょぼじょぼじょぼじょぼってやってた時だった。強い光、そしてバリバリという音が鼓膜《こまく》に飛び込む。

鈴雄《すずお》は神様っているかもしんないって心の底から思った。

一台のモーターボートが、少し離れた岩壁のとこにやって来たのだ。

モーターボートから五、六人の人影が下りる。

こんな夜に何しに来たんだろ？

そんな疑問も覚えなかったわけじゃないけど、現状況においてはそんなもんハナクソみたいなもんだ。

文字通りの助け船の到来《とうらい》って奴《やつ》なのだ。

「こっちの洞窟《どうくつ》だ。ついて来いよ。ちゃんとバッグ持ってな」

「本当にあるんだろうな？」

「間違いないさ。なんてったって俺《おれ》が自分で隠《かく》したんだからな」

そんなこと話しながら、男達は歩いていく。

思わず声を張り上げようと思ったけど、鈴雄はそれを思い止《とど》まった。

まだじょぼじょぼが続いてたからだ。

じょぼじょぼやりながら助けを求めたら恥《は》ずかしすぎるったらありゃしない。

海水浴場でシビレクラゲに刺されてそのまま漂流したってだけでも恥ずかしいのだ。

恥ずかしいことはなるべく少なくしときたい。

しっかり水風船を空っぽにしてから、鈴雄は男達を追いかけた。

何やら洞窟に入っていく。ちょっと躊躇《ためら》ったけど、恐《おそ》る恐《おそ》るその後ろに続く。

「すみません！」

って声を張り上げようとした鈴雄だったけど、その言葉が思わず止まった。

鈴雄は見てしまった。

男達が転《ころ》がした岩の下から、金塊《きんかい》が姿を現したのを。

「うひょ〰〰〰〰〰、本物じゃね〰〰か」

「だから言ったろ？　十年前俺が仲間と強盗やらかした後、捕まる寸前にここに隠《かく》しといたんだよ。仲間には内緒《ないしょ》でな」

「今ならほとぼりも冷《さ》めてるから金《カネ》に換えるのも楽そうだな」

「よし、急いで運び出そうぜ。ま、こんな無人島だからお巡りもいるわけないんだがな」

鈴雄はぞぞぞって青ざめた。

なんてこったい、こいつらは悪い奴らだったのか。

確かに、ライトに照らされる顔をよくよく見れば、どいつもこいつもすっごい悪い顔をしてやがった。

ここは………ここは……音をたてないように逃げ出さなくちゃ。逃げ出さなくちゃ。

ゆっくりと足を動かすけど、すごく運が悪かった。

プス！

たまたまうち上げられたウニを踏んだ。

「いて!!」

叫んだ後で口を押さえたけど、言うまでもなく時すでに遅《おそ》すぎた。

「てめぇ見たな！」

悪者達が息まいた。

「そんなに見てません！」

「見たんじゃねぇか！」

誤魔化《ごまか》しはうまくいかなかった。

僕、海に沈められるかもしれん。

鈴雄《すずお》は、自分の不運に涙した。


「ちっ、猪鹿蝶《いのしかちょう》の朝香《あさか》様と呼ばれるこの俺《おれ》が負けるなんてな」

朝香は腹立たしそうに花札を投げ捨てた。

「ううううう、コーチ」

敗北した者達を後目《しりめ》に、勝利を手にした小鈴《こすず》は決意新たに立ち上がった。

「お兄ちゃん。今行くからね」

健気《けなげ》な心が奇跡を呼んだよ～だ。

「よし、決まったか。ならこの燃える船乗り、源五郎《げんごろう》についてくるんだ」

「はい！　お願いします」

どやどやと部屋を出ていく。

「くそったれ」

まだ怒りが収まらないのか朝香が畳《たたみ》を拳《こぶし》で叩《たた》いた。

「あそこの赤丹《あかたん》が勝敗を決めるなんて、納得《なっとく》いかねえぜ」

「大丈夫ですよ。もう少し波が穏《おだ》やかになれば捜索《そうさく》の船を出してもらえます。それに乗せてもらえば」

栗華《くりか》がなだめるようにそういった直後、襖《ふすま》が開いて、年配の穏和《おんわ》そうな男が顔を出した。民宿の親父《おやじ》さんだ。

民宿の親父さんは気の毒そうに言った。

「心配だろうけど、今は休んだ方がいい。後で夕飯を運ばせるから」

「ありがとうございます」

「ところで、ここにゲンさん来なかったかい？」

「ゲンさん？　源五郎さんのことですか？」

栗華が答える。

「そうそう。もしまた来たら伝えてくれないか。野菜の仕入れでトラブルがあったらしく電話があったからすぐに帰るようにって。バーチャファイターはまた今度ということで」

「バーチャファイターならワシが」

またしゃしゃり出てきた栗三郎《くりさぶろう》は朝香《あさか》の裏拳《うらけん》で吹っ飛ばされた。

「ちょっと待て。どういうことだ？」

「は？」

「野菜の仕入れだよ」

「当然さ。ゲンさんは八百屋《やおや》なんだから」

「八百屋！　漁師じゃないのか？」

「いや、かれこれ三十年前から立派《りっぱ》な八百屋だぞ」

「でも格好《かっこう》が」

「なんか有名文学の船乗りに憧《あこが》れて、時折、自分を漁師だと思い込むようになってしまったんだ。廃船置場から拾って来たイカ釣り漁船を浮かべてよく遊んどる。それじゃ、見かけたらそう伝えといてくれるかい」

親父さんは出て行った。

寒〜〜〜い空気が民宿の部屋を渦巻《うずま》いた。

「行方《ゆくえ》不明になる方《かた》が増えなければいいんですけど」

栗華《くりか》が心配そうにポツリと呟《つぶや》いた。

7

「おい、こいつどうする？」

「重りでも乗っけて海に突き落とそうぜ」

「でも重りなんかないぜ」

「それじゃ金塊《きんかい》でも代わりに使うか」

「…………すっげえもったいないよな」

「じゃ、そこらの木にでも縛《しば》りつけとくか」

「賛成！」

とゆ〰〰〰わけで、鈴雄《すずお》は木に縛りつけられた。

身動きしたってど〰〰〰にもならないくらいぎっちぎちにだ。

「このままじゃ、本当に白骨で発見されるかもしれん」

鈴雄はうるうると落涙《らくるい》した。

「誰《だれ》か、助けに来てぇえええ‼」

鈴雄捜索隊《そうさくたい》は、無事に港を出港していた。

そんなに荒波でもない海を、何故《なぜ》かものすごくうねりながら進む、燃える源五郎丸《げんごろうまる》。

乗り心地は史上最悪だった。

乗物酔《よ》いに異様《いよう》に強い小鈴《こすず》でなかったらとっくの昔に内臓の全《すべ》てぶちまけていたことだろう。

しかも、なんかそこら中にピカピカ電球が張り巡らせてあって、目はチカチカするし、恥《は》ずかしい船だった。

だけど二人は、船がミシミシ言ってるとか、エンジンが時折《ときおり》停止するなどの些細《ささい》なことには気を配らなかった。

月の下に照らされる海面を見つめる小鈴の視界に、薄暗い島の形が見てとれた。

「島だ！」

叫ぶ小鈴。

その直後だった。遠くから風に乗って声が聞こえてくる。

た～～～～～～～～すけてくれぇぇぇぇぇぇ。

「今の声！」

小鈴は顔をぺかーんって明るくして振り向いた。

「おじさん。あの島にちょっと寄って！」

「………」

源五郎は何故《なぜ》か無言だった。

源五郎は、何故か何もない海を見つめてた。

そして叫んだ。

「見つけたぞ！　伝説の白鯨《はくげい》め！」

源五郎の目の色は危ない色に変わっていた。

「この私の右足を食いちぎった憎《にく》いあいつに違いない！」

源五郎は、しっかりと両足で踏ん張ると大きく舵《かじ》を切った。

風、波、速度、全《すべ》てを無視して強引《ごういん》なカーブを敢行《かんこう》した。

「おりゃあぁぁ」

次の瞬間。

燃える源五郎丸はメキメキと音を立てて崩壊《ほうかい》した。

笑っちゃうほどにあっけなく、船はタイタニックした。


「た〜〜すけてくれ〜〜〜〜〜〜〜〜〜!!」

かれこれ二、三十回は叫んだ。

もちろん、返事なんか返って来なかった。

「やばい、このまま誰《だれ》にも発見されなかったら………されなかったら……」

無人島で発見！　白骨死体！

「なんて悲しい最期《さいご》なんだ」

鈴雄《すずお》が叫んだまさにその瞬間だ。

「お兄ちゃ〰〰〰〰〰ん！！！！」

ものすごく、聞き慣れた声が聞こえた。

「え？」

鈴雄は見た。

ばしゃばしゃと海から上がってくる、小鈴《こすず》の姿をだ。

「よかった！　無人島に流れ着いてたんだね。よかった！　本当によかった」

ひとしきりぽろぽろ涙を流してから、小鈴は不思議そうに尋《たず》ねた。

「でも、ど〰〰〰〰して縛《しば》られてるの？」

「……詳《くわ》しい説明は後だ。早くこのロープを解《ほど》いてくれ！」

なんとかロープを解いてもらい、束縛《そくばく》から逃れる。

「小鈴！　ベルトだ！　ベルトを持って来てるか？」

「え？　変身ベルト？　あるよ」

小鈴が、ポケットに手を突っ込んだ。ぎゅいんって引っ張り出されたのはドッコイダーの変身ベルトだ。

さすがにつけたままじゃ水着なんて着られないから、外して小鈴に預かってもらってたのだ。

「よし」

鈴雄はがちょ〰〰〰んって変身ベルトを装着《そうちゃく》すると、思い切りポーズを決めた。

「へ〰〰〰〰〰〰〰んしん！　ドッコイダー!!」

青い光に包まれて、鈴雄はドッコイダーに変身した。

男の眉毛《まゆげ》がキラリと光るニクイ奴《やつ》だ。

「ちょっと、ど〰〰〰〰〰しちゃったんだってば。いきなり変身するなんて」

『たとえバカンス中であろうとも、悪い奴らはやっつけねばならんのだ！』

ものすごいヒーロー口調でドッコイダーはそう言うと、勢いよく走り出した。

海めがけてだ。

「あ〰〰〰〰〰〰、ドッコイダ――――！！！」

小鈴が止めたけど、もう遅《おそ》かった。

『とああああああああああああああああああ!!』

ドッコイダーは勢いよく海に飛び込んだ。

そして……………沈んだ。

「ドッコイスーツは軽そうに見えても総重量１００キロ近くあるんだから。そんなの着てちゃ沈んじゃうってば。水中用のアタッチメントを装備しないと」

小鈴は、やっぱりポケットに手を突っ込むと水中用の特殊装備一式を引っ張り出した。

浮き輪と水中メガネとシュノーケルだ。

それらをがちょんと装着《そうちゃく》したドッコイダーは気を取り直して海に飛び込んだ。

『悪はどこだぁぁぁぁ!!』

バタ足で進んでくドッコイダーを見つめながら小鈴《こすず》は呟《つぶや》いた。

「も〜〜〜、何なんだろ?」

8

でっかなエビが、海の中を進んでた。鋼《はがね》でできたエビだ。

普通のエビは鋼なんかじゃできてないから、そこだけ見たってこれが普通のエビじゃないってことが分かる。

そう、まさしくそれは普通のエビじゃなかった。

悪の天才科学者、ドクター・マロンフラワーが作り上げたエビ形潜水艦《せんすいかん》、エビチラス号なのだ。

「ど〜〜〜〜〜じゃ、海面に坊主《ぼうず》の反応はあったのか?」

コックピットにて、マロンフラワーが呟いた。

『いいえ、それらしい反応は』

「ふ〜〜〜む」

マロンフラワーは神妙な顔つきで唸《うな》った。

「こりゃ、もしかしたら今頃《いまごろ》海の底かもしれんな。まだ若いのにのぉ。南無阿弥陀仏《ナムアミダブツ》」

『マスター！』

「冗談《じょうだん》じゃよ。どれ、わしも捜《さが》してみるかな」

潜望鏡《せんぼうきょう》を覗《のぞ》き込んだ。海面の様子が見える。もちろん暗視《あんし》システムも内蔵してるから夜だって大丈夫だ。

「ん？　何やら遠くに人影が。浮き輪を使ってバタ足で進んでおるのぉ」

『鈴雄《すずお》さんですか？』

「いや……あれは……あれは……」

ド驚愕《きょうがく》でマロンフラワーは叫んだ。

「ドッコイダーじゃ！」

『……データ照合《しょうごう》いたしました。間違いないようです』

「どぉ～～してまたこんなとこでドッコイダーがバタ足なんぞをしておるのじゃろうか」

ちょっとばかし悩んだけど、マロンフラワーは考えるのを止めた。

目の前に宿敵がいる。しかも浮き輪を使ってることから考えるに、泳ぎは苦手《にがて》のよ～～だ。

「よ～～～し、このまま浮上しドッコイダーとの戦闘に入るぞ」

『しかし、鈴雄さんの捜索《そうさく》が』

「そんなもんは後回しじゃい！　行けぇぇぇぇ!!」

って叫ぶマロンフラワーだったけど。

『いやです！』

クリーカ0C5型はきっぱりと言った。

『鈴雄《すずお》さん捜索《そうさく》を続行します！』

「なんじゃいお前は。坊主《ぼうず》のこととなると機械らしからぬ行動をしおって」

栗三郎《くりさぶろう》はにんまりと笑った。

「もしやお主《ぬし》、惚《ほ》れたのか？」

『…………』

「そうなんじゃろ？」

ちょっとコックピット内部の温度が上がった。

「まあよいわ。坊主捜索を続けるぞい。何だかんだ言っても一つ屋根の下で暮らしている仲間じゃからな……」

『……はい！』

クリーカ0C5型が華《はな》やいだ声を上げた時だった。

ザ～～～～～って音が、コックピットのスピーカーより聞こえる。

「近くの通信を傍受《ぼうじゅ》したようじゃな」

『はい……漁船のようでございますね』

それは漁船からの通信だった。

内容は、要点だけを箇条書き《かじよう》にするとこんなだった。

✿夜のイカ釣り業をしてたら、無人島で手を振る女の子を見つけた
✿小鈴《こすず》って名乗る女の子いわく、漂流した兄を捜《さが》してやって来たとのことだ
✿兄はその無人島にいたとのことだ
✿だけど今はちょっとトイレに行ってて、戻ってくるには時間がかかるそ〜〜〜だ

「なるほど、坊主は無事だったか」

『そのようですね』

コックピットに、ほっとした空気が流れた。

「よし！」

マロンフラワーがにんまりと笑った。本来の彼の顔であるそ〜〜〜〜ぜつな悪者顔だ。

「ならばもはや見逃す理由はなかろう。行くぞ！　エビチラス号！　ドッコイダーを強襲するのじゃ！」

『了解《りようかい》しました‼』

9

「ははは、も〰〰少し待っててくださいね。お兄ちゃんそろそろトイレ終わって戻って来ると思うんで」

小鈴《こすず》が、必死に時間を引っ張ってた。

たまたま立ち寄ったイカ釣り漁船のおじさんが乗っけてってくれるって言ってくれてるんだけど、肝心《かんじん》の鈴雄《すずお》がいないのだ。

ちなみに、源五郎《げんごろう》さんは早々《そうそう》に救助されて、すでにイカ釣り漁船に乗ってた。

「あはは、も〰〰お兄ちゃんったらこんなに時間かかるなんて。きっと大きい方だな」

なんてやってた時だ。

一艘《いっそう》の船が、海岸へと到着した。

飛び出して来たのは、朝香《あさか》と瑠璃《るり》と沙由里《さゆり》とピエールだった。

「みんな、ど〰〰〰して？」

「波が低くなったって言うんでな。船を出してもらったんだ。出港してすぐかな。鈴雄が見つかったって無線が入ってよ。で、ついでに迎えに来たってわけだ」

早口にそう説明した朝香は、きょろきょろと辺《あた》りを見渡した。

「で、鈴雄のバカはどこ行ったんだ？」

「コーチは？　コーチは大丈夫なの？　怪我《けが》してないの？」

「え〰〰とね〰〰、お兄ちゃんはね〰〰」

ドッコイダーになって浮き輪つけてばた足してどっか行っちゃったなんて言えない。言えるわけがない。

「すっごい長いトイレ。多分大きい方だと思うよ」

「まったく、あいつは本当お気楽な奴《やつ》だよな」

朝香が思わず笑った……その直後。

「あれは何だ！」

助けてくれた地元漁師さんが叫んだ。

大海獣《だいかいじゅう》だ！

誰《だれ》もがそう思った。そりゃそうだ。目をビカビカ光らせて海から飛び出して来たのだ。大海獣以外の何者でもない。

だけど、よくよく見たら……それはメカだった。

おまけに、海獣の起こした波にくるくる翻弄《ほんろう》されちゃってる黄色い浮き輪の奴もいた。

沙由里は驚いた。

ど〰〰してドッコイダーとマロンフラワーがこんなとこで戦ってるの？

沙由里は考えた。

これって、チャンスかもしれないわね。浮き輪をつけてるところを見ると、ドッコイダーは泳げないみたいだし。

瑠璃《るり》だって驚いた。

ど〜〜〜〜してあの二人がこんなとこにいるの？

瑠璃も考えた。

コーチも発見されたって言うし、ここはやっぱり行くべきね。ドッコイダーってば泳げないみたいだし。ちょちょいのちょいよ……。確かリュックの中に油粘土《ねんど》入ってるし。

「おほほほ、安心したら私もトイレに行きたくなっちゃった。失礼するわ。さ、ピエール」

「え？　お嬢様。いくら私でも連れションの趣味は」

「いいからいらっしゃい」

「いや〜〜〜〜、未知との遭遇《そうぐう》！」

沙由里《さゆり》とピエールが退場した。

「瑠璃も何だかトイレに行きたくなっちゃった。行って来るね！」

瑠璃もひよこひよこ退場した。

「ど〜〜〜〜しちゃったんだろ？」

目をぱちくりさせる小鈴《こすず》。

最後に、朝香《あさか》が口を開いた。

「悪い、俺《おれ》もトイレだ」

10

翌日も、すごくいい天気だった。

真《ま》っ青《さお》な海を見つめて、水泳パンツの鈴雄《すずお》はふわ〜〜〜って欠伸《あくび》をかました。

そして呟《つぶや》いた。

「眠いぞ」

結局、一晩中、犯罪者連中と戦ってたのだ。

当初追いかけてた金塊《きんかい》強盗犯は、海で漂流してたところを捕まったたってニュースでやってた。

犯人達の証言によると、巨大なサメに襲われて船が転覆《てんぷく》させられたとのことらしい。

この海域にサメはいないはずなのにって、みんな首を傾《かし》げてるとのことだ。

「天罰《てんばつ》って奴《やつ》なのかな」

鈴雄がしみじみと呟いた時だった。

後頭部を後ろから思い切りはったおされた。

「よ！」

振り向くと朝香がいた。

「さ、もうすぐ小鈴も瑠璃も来るから始めよ〜〜〜ぜ」

「何を？」

「何をじゃね〜〜〜よ。昨日《きのう》約束しただろ？　泳げるよ〜〜にするって」

「あ…………」

思い出した。

負けたらカッパの格好《かっこう》してキュウリを齧《かじ》りながら泳ぐとかいうくだらない罰《バツ》ゲームのだ。

朝香《あさか》の言葉ど〜〜り、小鈴《こすず》と瑠璃《るり》がぱたぱたとやって来る。

「よ〜〜〜し、勝負始めるぞ〜〜〜」

朝香の言葉に、小鈴はとてつもなく暗い顔をした。

だけど、鈴雄は元気よく頷《うなず》いた。

「よし、始めよう！」

「えええええええええええ!!!!」

大声を上げた小鈴は、慌《あわ》てて鈴雄の服を引っ張った。

「ムリだって。お兄ちゃん。アタシ全然泳げないでしょ。昨日だって練習途中で」

「何言ってんだよ。昨日ちゃんと泳げたじゃないか」

「え？」

「ほら、無人島で僕が縛《しば》られてる時に」

「あ…………」

小鈴は思い出した。

源五郎《げんごろう》さんの船が沈没した後、確かに自分は泳いだ。泳いで無人島まで渡った。

無意識の出来事だ。

「アタシ、泳げたんだ」

「そ、だから自信を持てよ」

「うん」

小鈴は無言で頷いた。

「よ〜〜〜〜〜し、それじゃ二人とも海に入れ！」

朝香の声が海水浴場に響いた。


「ふわ〜〜〜〜〜〜〜〜〜〜〜〜〜〜〜〜〜〜〜〜〜〜」

栗三郎《くりさぶろう》がのんびりとお目覚めした。

ぼりぼりパンツの中を掻《か》きながら民宿のテラスへと出る。

そこでは、栗華《くりか》がベンチに腰を下ろしていた。

「お早ようございます。お祖父様《じいさま》」

「おう、おはよう」

ふわ〜〜〜〜〜〜って特大の欠伸《あくび》をかますと、栗三郎はベンチにどっかと腰を下ろした。

「結局、一晩中戦っただけで収穫はゼロかい。くたびれ損《ぞん》の骨折り儲《もう》けという奴《やつ》じゃな」

「お祖父様《じいさま》。それを言うなら、骨折り損のくたびれ儲けでございます」

お茶の支度《したく》をしながら、栗華《くりか》がやんわりと突っ込んだ。

「…………人の揚《あ》げ足《あし》を取るでない」

ぶすっとしてそう言うと、栗三郎《くりさぶろう》は注がれたお茶をずずずってすすった。

それから、ほんのりとして呟《つぶや》いた。

「にしても、ドッコイダーはともかくど〜〜〜〜して他《ほか》の連中まで集まってたんじゃろうな」

「みなさんたまたま来ていらしたのですかね」

「ふ〜〜〜〜〜む」

栗三郎はしばし考え込んでから、ぼそっと呟いた。

「夏休みじゃからな」

推理力のカケラもない結論を出す栗三郎に、栗華が尋《たず》ねた。

「ところでお祖父様。昨日《きのう》お願いした例のものなのですが」

「え、ああ、あれか。昨日のうちに作って近くの入《い》り江《え》に沈めといたんじゃがな」

苦々《にがにが》しく笑った。

「海水の流れでスイッチが入ってしまったせいか、どっかへ行ってしもうたんじゃ」

「そうでございますか」

「な〰〰に、いくら形があれだからって人を襲うようなことはせん。ま、真似《まね》くらいはするがな。二、三日もすればゼンマイが切れて止まるじゃろ」

そこで、栗三郎は言葉を止めると、海の方を見て叫んだ。

「おい、栗華。あんな所にカッパがいるぞ。カッパが海を泳いでるぞ」

「ごめ〰〰ん。お兄ちゃん。あの時は必死になって無意識で泳げたんだけど、やっぱ普通の時じゃ泳げないみたい。あははは」

砂浜で、小鈴《こすず》が笑ってるのを、鈴雄《すずお》は海の中から見てた。

朝香《あさか》がどっかから調達して来たカッパの格好《かっこう》をしてだ。

ものすごくみな様の注目を浴びながら、鈴雄は思った。

あの時、犯人なんて追いかけずに水泳の特訓をしておけばよかった。

「ほら、鈴雄。何さぼってんだよ。ちゃんと泳げよ」

朝香の声の中、鈴雄はやけくそになって手足をばちゃばちゃさせた。

夏まっさかり。

今日もまだまだ暑くなりそうだった。

宇宙ボンバイエでドッコイ！

1

始まりは、とある連休初日の日曜日だった。

普段《ふだん》ならごく自然に昼過ぎまで爆睡《ばくすい》しちゃう鈴雄《すずお》だけど、たまたまその日はわりと早くにパッチリお目覚めした。

ごろごろしてるのもおっくうだから、鈴雄はむっくり起き上がって居間へと向かう。

「おはよ〰〰」

って居間へ入ると、もう小鈴《こすず》の姿があった。

食い入るようにテレビを見つめてた。ちなみにやってる番組は5人戦隊もののヒーロー番組だ。

「おはよ〰〰〰」

もう一回声をかけても、返事はなかった。

恐ろしく熱中してるのだ。

きっと耳元でバズーカをぶっぱなしたって、気がつかずテレビを見てることだろう。

鈴雄《すずお》は諦《あきら》めると、冷蔵庫からパンやらジャムやらを持って来て朝食を始めた。

パンを半分くらい食べた頃《ころ》だ。番組が終わり、小鈴《こすず》はやっとこさ鈴雄に気がついた。

「あ、おはよ。お兄ちゃん。今起きたの？」

鈴雄は無言で、半分になったパンを見せた。

「あははは、ちょっと夢中になっちゃっててさ」

小鈴は照《て》れくさそうに頭を掻《か》いた。

「だけど子供っぽいなんて思わないでよ。これだって立派《りっぱ》な仕事なんだからね」

小鈴は強く主張した。

「株式会社オタンコナスとしては、ドッコイダーを正義のヒーローとしてアニメに映画にオモチャにと展開していくつもりなんだから。地球の変身ヒーローってのもちゃんと研究しておかなくちゃいけないの!!」

強く強く主張した。

「うわ～～格好《かっこう》いい～～～～とかいう単純な理由で見てるわけじゃないの！」

「なあ、予告は見なくてもいいのか？」

「あ！！！！！！」

小鈴は慌《あわ》てて画面に目を戻した。

「ついに敵幹部《かんぶ》の登場なんだ。どうなるんだろ。うわ〜〜〜〜〜〜〜〜〜〜〜〜くやっぱレッドは格好いいな！」

目がすんごいキラキラ輝いてた。

ものすごく久しぶりにこんなキラキラした目を見たような気がする。

「……………仕事してるようには見えんがな」

ぼそっと呟《つぶや》いてから、鈴雄は残ってたパンを押し込んだ。牛乳で流し込む。

「さてっと、今日からの連休。何しよっかな」

考え込んでる鈴雄に、小鈴が言った。

「久しぶりに里帰りしたら？　最近よく電話かかってくるじゃん。お兄ちゃんのお母さんから」

お兄ちゃんのお母さん。なんかちょっと奇妙な言い回しだけど、いつわりの兄妹だから仕方ない。

「里帰りか。それも悪くないな〜〜〜」

鈴雄はよしっと頷《うなず》いた。

「それじゃ、ちょっくら里帰りでもするか。小鈴も来るよな」

「え〜〜〜〜、でもボロが出ちゃったら」

「大丈夫だって大丈夫。さてと、そうと決まればさっそく実家に電話電話」

受話器を持ちあげると、ぴこぱこってボタンを押す。

「あ、もしもし、母さん。連休だからちょっと帰ろうと…………………あ、そ〜〜なんだ。じゃ、気をつけてね」

ガシャンと受話器を置いた。

「えっと、着替えはこれぐらいでいいかな」

さっそく準備しちゃってる小鈴《こすず》に、鈴雄《すずお》は言った。

「里帰り、ナシになったぞ」

「え〜〜〜〜〜〜〜〜〜！　ど〜〜〜〜して〜〜〜〜」

「母さんが福引きで温泉旅行を当てたとかで、みんなで出かけるんだとさ。家には誰《だれ》もいないってことだ」

「な〜〜〜〜んだ、そうなんだ」

小鈴はがっくりした。

「連休、何しよっか？」

「ずっと家にいるってのも気分滅入《めい》るよな」

二人して考え込んでる時だった。

郵便配達のおじさんがやって来た。だけど普通じゃなかった。

普通の郵便配達のおじさんなら、決して窓をコンコンなんて叩《たた》かないはずだ。しかも二階の窓を。

よく見ると、やっぱり耳とか鼻とかがおかしな形してた。宇宙関係の方だ。

「ぱろぴろぱろろろ」

理解不能な言葉を喋《しゃべ》って、封筒《ふうとう》を置くとおじさんはお空の彼方《かなた》にすっとんで行った。

「なんとかなんないのか？　あんなの近所に目撃《もくげき》されたら大変だぞ」

「報告しとくよ。もっとうまく変装して来るようにって」

そう言いながら、封筒を見る。

「あ、これＵＯＳ（宇宙のお巡《まわ》りさん）からだよ。お兄ちゃんあてに」

「え？　僕に？」

「うん。開けていい？」

鈴雄が頷《うなず》くのを見てから、小鈴は封筒を開いた。

「なんか手紙が入ってる」

手渡された手紙に、鈴雄は目を落とした。

桜咲鈴雄様（ドッコイダー様）

ＵＯＳパワードスーツ選定にご協力して頂《いただ》き真《まこと》にありがとうございます。

この度《たび》、ささやかなお礼ということで粗品《そしな》を贈《おく》らさせていただきます。

ぜひご利用ください。


UOSパワードスーツ選定委員会委員長　モグモッグル・モグラート・モグモグー

「いつもがんばってるお礼をくれるってさ。何だろ？」

封筒《ふうとう》を逆さまにすると、チケットが二枚出てきた。

「なになに？　宇宙ボンバイエ？」

「えええええ！　宇宙ボンバイエ！」

小鈴《こすず》が大声を上げると、チケットをひったくった。

「すごい、やっぱり宇宙ボンバイエだ。しかもS席だよ。すごいよすごいよ」

ひたすら興奮しまくる小鈴に、置いてかれてる鈴雄《すずお》が尋《たず》ねる。

「何だよ。その宇宙ボンバーマンってのは」

「ボンバイエ！　知らないの？　宇宙中がこんなに盛り上がっちゃってるのに」

信じられないって顔つきだ。

鈴雄は憮然《ぶぜん》として言った。

「少なくとも、地球では盛り上がっちゃってないぞ。そのボンバーマンってのは」

「そっか、そうだよね。ごめんね。一人で興奮しちゃって」

ペロって舌《した》出してゴメンしてから、小鈴は説明した。

「宇宙ボンバイエ。一言で言えば、宇宙レスリングの大会なの」

「なるほど。宇宙のプロレスのことか」

「このチケットだってなかなか取れないんだから。みんなに自慢《じまん》できるよ。これって」

「どこでやるんだ？」

「ペガサス星雲《せいうん》のヒュージエッグドーム。地球時間で明日《あした》の朝六時に宇宙リムジンで迎えに来てくれるって書いてある。すごいよ。ＶＩＰ並みだよ」

「宇宙か……」

鈴雄は考えた。

週に一度は宇宙人と戦って、さらに宇宙人と同棲《どうせい》なんかしちゃってる身の上だ。

だけど、よくよく考えると宇宙船に乗ったことも宇宙に行ったこともない。

宇宙食だって食べてない。

地球は青かった、ともまだ言ってない。

小さな一歩だが人類にとっては大きな一歩だ、とも言ってない。

「よし！」

鈴雄は拳《こぶし》を握り締めた。

「宇宙に行こう！」

「わ〜〜〜〜〜い！」

小鈴《こすず》が両手上げて万歳《ばんざい》した。

「よし、そうと決まれば、ちょっくら公園に行って来る」

「え？　何しに？」

「訓練だよ訓練」

それだけ言って、鈴雄は部屋を飛び出して行ってしまった。

「何の訓練なんだろ？」

小鈴は小首を傾《かし》げた。


それからしばらく後。


近くの公園で、子供達に交じってぐるぐる回ってる鈴雄《すずお》の姿があった。

そして酔《よ》った。

「おえ〜〜〜」

2

「かんぱ〰〰〰〰〰い」

今日は久しぶりのコスモス宴会《えんかい》だ。

コスモス宴会ってのは、その名の通りコスモス荘で行われる宴会のことだ。各自料理を持ち寄って一室に集まって宴会するのだ。

大抵《たいてい》、三号室の梅木《うめぎ》さんとこを会場にしてる。一番部屋が片付いてるからだ。

ごくごく自然に、連休の予定についての話題になった。

「わしらは、ちょっくら旅行に出る予定じゃ」

一人でちびちび日本酒やりながら、栗三郎《くりさぶろう》が言った。

「へ〰〰〰、どこに行くんですか?」

鈴雄《すずお》の質問に、栗三郎はちょっとだけ黙りこくった。

「う〰〰ん、何て言うかの。少し遠いとこじゃな。栗華《くりか》」

「はい、遠いとこです」

栗華が頷《うなず》く……と。

「あら、奇遇《きぐう》ね。私達も旅行なのよ」

ものすごく巨大な骨付き肉をばりばり頬張《ほおば》りながら、沙由里《さゆり》が言う。

「ちょと遠くの方にね」

「どれぐらい遠くかと申し上げますと、大体地球から280光年ほど」

律儀《りちぎ》に解説するピエールを、沙由里は華麗《かれい》な裏拳《うらけん》で沈めた。

「とにかくそ〰〰ゆ〰〰〰わけだから、鈴雄ちゃんとはお別れなの。ごめんね」

ここぞとばかしにそのダイナマイツボディーでスキンシップを求めてくる沙由里だけど、飛び散るビールがそれを阻《はば》んだ。

「わりーわりー、かかっちまったぜ」

朝香《あさか》のビール攻撃だった。

沙由里はものすごく面白くないって顔をすると、また捕食活動に戻った。

「しかしま〰〰よく食うよな沙由里の奴《やつ》。見てみろよ。空《から》になった皿《さら》が山になってるぜ」

そう言う朝香の後ろも負けてなかった。空になったビールの缶がやっぱり山になってた。

「朝香だって似たようなもんだろ」

「あ？　あんだって？」

朝香があんまりよくない目付きを向けてきた。暴力モードへの切り替えスイッチに手をかけてる目付きだ。

「いや、何でもないよ。何でも」

鈴雄は一生懸命《けんめい》に恵比須顔《えびすがお》で誤魔化《ごまか》してから尋《たず》ねた。

「朝香《あさか》は予定とかあるのか？　連休中って。やっぱ家でごろごろしてんのか」

「そ〰〰しょ〰〰〰って思ってたんだけどよ」

新しい缶ビールをプシュッと開けて、朝香は言った。

「俺《おれ》も、ちょっと遠くへ出かけることにしたぜ。ぶらぶらってな」

「ふ〰〰〰〰ん、そうなんだ」

鈴雄《すずお》は、向かい側に座ってる梅木《うめぎ》さんに顔を向けた。

「梅木さんとこは何か予定があるんですか？」

「私達はいつもと同じなんですけどね、瑠璃《るり》は」

「は――いはいはいはいはいはいはい！」

瑠璃が手を上げて叫ぶ。

「瑠璃ね、前の学校のお友達の家に泊《と》まりに行くの」

「へ〰〰〰〰」

たっぷり頷《うなず》いてる鈴雄の隣《となり》で、それまで枝豆《えだまめ》食べてた小鈴《こすず》が尋《たず》ねた。

「ねーねー瑠璃ちゃん。お友達の家ってどこにあるの？」

「それは…………」

瑠璃は激しく口ごもった。余計《よけい》なことをって顔つきで小鈴を睨《にら》みつけた。

それから、静かになった。あれこれ考えてるって顔つきだ。

「ねーねーどこなの？」

「と・お・く！」

しつこい小鈴に、一言一言歯で噛《か》み千切《ちぎ》るようにして言葉をぶつける。

それから、鈴雄に顔を向けた。

「コーチはどっか行くんですか？」

「僕も、小鈴《こすず》とちょっと出かけるんだ。まぁ何て言うか………」

宇宙なんてことは言えない。

「遠くかな」

何度も聞いてもう耳に残ってるその言葉を、鈴雄は口にした。

「なんだよ、ほぼ全員が遠くへ旅行に行くとゆーことかよ」

最後の一滴《いってき》を飲み干し、朝香が言った。

「よ〰〰し、それじゃ改めて乾杯《かんぱい》しよ〰〰ぜ。旅行の安全を祈《いの》って」

鈴雄の手にも、無理矢理《むりやり》に缶ビールが握らされた。

「かんぱ〰〰〰〰〰〰い!!」

「お兄ちゃんお兄ちゃんお兄ちゃんってば」

小鈴の声で、鈴雄は眠りの世界から引っ張り出された。

頭が割れるように痛い。朝香《あさか》に無理矢理《むりやり》に飲まされたからだ。

「朝香の奴《やつ》、焼酎《しょうちゅう》を原液で飲ますんだもんな。うう、頭がガンガンする」

「も〜〜しゃきっとしてよ。もう宇宙リムジンが来ちゃうよ」

「え？」

時計は五時五十分をさしている。カーテンの隙間《すきま》からうっすらと朝日が差し込んで来てた。

「そっか、六時に迎えが来るんだったな」

あせあせと鈴雄《すずお》は着替えを始めた。男の支度《したく》だからものの数分で終わる。

「さ、行こう」

「え？　行くってどこに？」

「外の庭んとこに出てなくちゃダメだろ」

鈴雄の言葉に、小鈴《こすず》は二、三度目をぱちくりさせてからプッて笑った。

「大丈夫だよお兄ちゃん。だって、宇宙リムジンなんだよ。この部屋に来てくれるよ」

「窓んとこに来るってことなのか？」

「そ〜〜じゃなくって……」

小鈴が何かを説明しようとした時だ。突然天井《とつぜんてんじょう》が強い光を発する。その光の中から、丸っこい宇宙船がゆっくりと現れる。

「ほらね」

「…………理解したよ」

鈴雄はこっくりと頷《うなず》いた。

『さ、ど〰〰〰ぞ。お乗りください』

ベンキブラシみたいな顔した運転手がハッチを開けて言った。

「ほら、早く。お兄ちゃんってば」

「ああ」

小鈴に引っ張られて、その宇宙船に乗り込む。

『無限の宇宙にレッツゴー！』

運転手さんがブラシをざわざわさせて叫んだ。

「無限の宇宙にレッツゴー！」

小鈴も叫んだ。それから邪気《じゃき》のない笑顔を鈴雄に向ける。

「ほら、お兄ちゃんも言ってよ」

「え？」

「早く、そ〰〰〰しないと出発できないでしょ」

ひたすら「？？？」だけど、宇宙に行くんだ。宇宙人に従うしかない。

やけくそのように、鈴雄は叫んだ。

「無限の宇宙にレッツゴー！！！！」

運転手さんがスイッチをぱちぱち入れた。ぐいっと謎《なぞ》っぽいレバーを引っ張り、えいやあって謎っぽいハンドルを回す。

ウィイイイイイイインっていう細《こま》かな振動がしばし続き、そして止まった。

自分の心臓の音さえやかましく聞こえるようなやな沈黙《ちんもく》。

嵐《あらし》の前の静けさって奴《やつ》だろう。

「あのさ」

不安をかき消そうと鈴雄《すずお》が喋《しゃべ》りかけたその瞬間。

魂《たましい》を引っこ抜かれるようなすごい衝撃《しょうげき》が全身に走る。

宇宙船が出発したのだ。

無限の宇宙に向けて。


それから数時間が経過した三号室。


「ふわぁぁぁぁぁぁ」

眼鏡《メガネ》を傾かせて、梅木《うめぎ》パパさんがベッドルームを出た。

「あら、あなたおはよう。コーヒー入れるわね」

「ばぶーばぶー」

居間では、梅木ママさんと次郎《じろう》くんが出迎えてくれる。

「瑠璃《るり》は、もう出かけたんだろ？」

「ええ、朝一番のバスに乗るって。バス停まで送って行ってあげるって言ったのに一人で大丈夫だって」

「しっかりしてるからな。あの子は」

「そうね。それに、向こうに着いたらサキちゃん一家が待っててくれるって言うから大丈夫よ」

「そうだな」

梅木パパさんは、差し出されたコーヒーをずずっとすすってから、尋《たず》ねた。

「サキちゃんってのは、瑠璃の前の学校の友達だよね」

「そうよ。何言ってるのよ。よく家にも遊びに来てたじゃない」

「そうか……瑠璃の前の学校ってのは」

「岡山《おかやま》の有曽田《うそだ》小学校でしょ。忘れちゃったの」

「いや、忘れちゃったわけじゃないんだが……」

梅木パパさんは言った。

「うろ覚えなんだ」

「しっかりしてよ。まだ歳《とし》じゃないんだから」

「本当だよね」

梅木《うめぎ》パパさんは、笑いながらテレビに目を向けた。

テレビでは、ニュースをやってた。

「あ、これさっきもやってたわ。なんかＵＦＯが目撃《もくげき》されたんですって。今日の朝」

「ＵＦＯ?」

梅木パパさんはテレビに顔を近づけた。

『本日、午前六時頃《ごろ》、中空町《なかそらまち》上空にて不思議な光が目撃されました。目撃者の話によると、光が町から飛び立ち空へと消えていったとのことです。少しずつ間隔《かんかく》を開けて合計五つの光が……』

3

ペガサス星雲《せいうん》の中心地、二丁目の繁華《はんか》街《がい》にその巨大宇宙ドームはあった。

通称コスモエッグ。標準体型の宇宙人なら三〇〇〇〇人収容の巨大スタジアムだ。

いっかくに設けられた出島式《でじましき》宇宙ポートに、一機の宇宙船が到着する。

ハッチが開き出てきた緑髪《りょくはつ》の女の子は、運転手に向かって文句《もんく》をぶーたれた。

「ちょっと、特大遅刻《ちこく》じゃない！　も〜〜試合始まっちゃってる時間だよ。ど〜〜〜〜〜〜〜してへんてこな近道通ろうなんてするの！」

「いつもは早いはずなんですが、今日はちょっとブラックホールの影響で空間が歪《ゆが》んでたみたいで」

「も〜〜〜〜〜〜！！！」

「あの、チップを」

「！！！！」

緑髪の少女、タンポポ・トコドッコ・ポポールは、取り出した宇宙ガマロから宇宙コインを摘《つま》み出し運転手に押しつけた。

「さ、お兄ちゃん。行くよ。ほら」

宇宙リムジンの中に手を突っ込むと、ぐったりとする鈴雄《すずお》を引っ張り出す。

「しっかりしてよ」

ペシャペシャ頬《ほお》を叩《たた》いたら、やっとこさ鈴雄は目を覚ました。

「あれ？　緑の髪ってことは……犯罪者が現れたのか？」

「違うよ。宇宙なんだから変装する理由もないでしょ。だから着替えただけ。寝惚《ねぼ》けてないでよ。ほら、しゃきっとしてしゃきっと」

「確か僕は宇宙リムジンとかゆーのに乗りこんで、それですんごい衝撃《しょうげき》で気を失って……」

鈴雄はがばっと起き上がった。

「地球はどこだ？」

「地球？」

タンポポは腕時計についてるボタンをポチっと押した。ぱかっと開いて中から宇宙コンパスが出てくる。

「地球はあっちだよ」

タンポポの指先が向いてる方向に、鈴雄《すずお》は顔を向けた。

あったり前のことだけど、宇宙だった。

あったり前のことだけど、星しか見えなかった。

あったり前のことだけど、どれが地球かなんて分かんなかった。

あったり前のことだけど、地球は青かったなんて言う気分にはなれなかった。

「訓練が足りなかったかもしれん」

鈴雄はしみじみと呟《つぶや》いた。

「もう二、三十回転しておけばよかったのかも」

「ほら、早くううう！　もう始まってるんだから」

タンポポが鈴雄の手を強引《ごういん》に引っ張る。ゲートをくぐり、頭が六つくらいついてるガードマンにチケットを渡し、そして通路を進む。

最後に、ロケット弾だって弾《はじ》き飛ばせるような重い扉《ドア》が開かれた。

光、熱気、歓声《かんせい》、それらが渾然《こんぜん》一体となって押し寄せてくる。

そして、鈴雄は見た。

中央に輝くリングと、それを取り巻く観客達をだ。

「ね、すごい盛り上がっちゃってるでしょ」

「確かに………な」

鈴雄はこっくりと頷《うなず》いた。

「さ、席に座ろ！　えっとね〜〜。席はね、S席の……」

二人は熱気あふれる中、席へと進み腰を下ろす。

「さ、しっかり見なくちゃね」

タンポポが気合いの入った声を吐き出した。

鈴雄は椅子《いす》に座りながら思った。

僕が宇宙に旅行に来てるなんて知ったら、コスモス荘のみんなはびっくりするだろ〜な。


「つまらん。ど〜〜〜〜もつまらん」

わ〜〜〜〜って歓声が沸《わ》き起こる中、その老人は冷《さ》めてた。冷めまくってた。

「せっかくチケットもらったんじゃからと来てみたが、ど〜〜〜も燃えんのぉ。格闘技《かくとうぎ》って奴《やつ》は」

ぐるぐる眼鏡《メガネ》のファンキー老人、栗之花栗三郎《くりのはなくりさぶろう》だ。

「あら、お祖父様《じいさま》はお好きなのではないですか？　格闘技。いつもやってらっしゃるではないですか」

隣《となり》でそう言うのは栗華《くりか》だ。一部で根強いファンを獲得《かくとく》してる眼鏡《メガネ》っ娘《こ》だ。

「わしが好きなのは格闘ゲームじゃ。ど〜〜〜も本物は気分が乗らんのじゃよ」

栗三郎《くりさぶろう》はふわあああって欠伸《あくび》した。

「栗華。酒をもう一杯くれ」

「はい」

足下に置いた一升瓶《いっしょうびん》を持ち上げると、栗三郎のグラスに注いだ。

「よし、そろそろあれを出せ」

「その、お祖父様《じいさま》に言われて一応作って来ましたが。どうするのですか？」

栗華が引っ張りだしたのは、くしに鳥肉をぶっ刺した物。いわゆる焼く前の焼鳥《やきとり》だ。

「まさか生《ナマ》で？」

「あほぬかしなさんな。ちゃんと準備はして来たんじゃい」

栗三郎は持ってきたアタッシエケースを通路に置くとスイッチを押した。

がっちゃんがっちゃん音をたててケースが焼鳥の屋台《やたい》になった。

栗華の変形と同じく、物理法則とか一般常識とかは一切《いっさい》無視した変形だった。

「よし、栗華。焼くんじゃ」

「はい、えっとまずは」

「あああああ、違う違う違う。そんな機械的な動きじゃうまい焼鳥は焼けん。こうじゃ」

ねじり鉢巻《はちまき》して通路で焼鳥を焼き始める。

そんな様子を見つめながら、栗華がクスって笑った。

「なんじゃ？　わしの手つきが面白いのか？」

「いいえ、私達がこうやって宇宙へ来ていることをコスモス荘のみなさんが知ったら驚くことでしょうねって」


「むなしい。むなしぃわ」

その少女は一人、観客席で呟《つぶや》いていた。

「せっかくの宇宙旅行なのに、一人ってのがむなしすぎるわ。コーチと一緒《いっしょ》だったら楽しかったのに」

少女、瑠璃《るり》は、想像虫《そうぞうむし》をはばたかせた。

瑠璃『コーチ！　みんな強い人ばっかですね！　あんな人達に襲われたらど〜〜しよ』

鈴雄『大丈夫。僕が命に代えても瑠璃ちゃんのこと守ってあげるから』

「いや〜〜〜〜〜〜〜〜〜〜」

瑠璃《るり》は頬《ほお》を押さえてブリブリした。

しばらくブリブリしてから、なんかむなしくなってふっと溜《た》め息《いき》一つ吐き出した。

「おやつでも食べよっと。えっと、リンゴが確かバッグの中に……」

瑠璃はリュックに手を突っ込んだ。

出て来たのは粘土《ねんど》だった。

「あ〜〜〜〜、また次郎《じろう》のしわざね！」

瑠璃は諦《あきら》めたように溜め息を吐き出すと、諦めたようにポテトチップを取り出し食べ始めた。

「瑠璃が宇宙に一人で来てるんだってこと知ったら、みんなびっくりするんだろ〜な」


一人のナイスバディお姉さんがむしゃむしゃ牛丼《ぎゅうどん》を食べてた。

「ピエール。お代わり」

「あの、もう今のが最後です」

「ぬわんですって！」

って怒りで割箸《わりばし》をペキって折っぽってるのは、もちろん沙由里《さゆり》だ。

「席で食べるからたくさん買っておきなさいってあれだけ言ったでしょ」

「言われた通りたくさん買いました。だけど……お嬢様がたくさん食べてしまいました」

ピエールが、へらへら笑いながら足下を指さした。

お持ち帰り牛丼の容器で埋《う》め尽《つ》くされてた。頭おかしくなるくらいの数だ。

「でしょ」

ピエールの笑顔がなんかむかついたから、沙由里は思いきり平手《ひらて》打《う》ちした。

「ああ、人混みの中で叩《たた》かれるのも新鮮」

「しょうがないわね」

諦めたように、沙由里は隣《となり》のでっかなリュックをひっくり返した。

「準決勝見ながら食べようと思ってたけど、今食べちゃいましょ」

ごろごろ出て来たのは特大カップラーメンの数々だった。

「ピエールお湯」

「はい」

ピエールにお湯を注いでもらいながら、沙由里は呟《つぶや》いた。

「私達が宇宙に来てること知ったら、みんなびっくりするわね。きっと」

と〜〜ぜんのことだけど、コスモス荘の面子《メンツ》が来ていることに気がついてる連中じゃなかった。

4

スポットライトを浴びて、見るからに宇宙人って感じの二人がリングでは戦っていた。

「すごいよ！　ヌーチョマンのヌチョヌチョツイストが出たよ！　あ、でもゲチョクソンのゲチョの字固めも同時に決まったよ！　すごいよすごいよ！」

隣《となり》の席でタンポポがすっごい興奮してたけど、鈴雄《すずお》はちょっと気分が悪かった。

両選手とも体から触手《しょくしゅ》が一杯生えてるのだ。それで絡《から》み合ってるのだ。

なんてゆ〜〜か、ぬちょぬちょのぐちょぐちょだ。もし地球で放映するんだったら絶対にモザイクかけなきゃ見られない光景なのだ。

ちょこっと、気持ち悪くなった鈴雄はよっこらしょっと立ち上がった。

「タンポポ、トイレに行って来る」

「うん、行ってらっしゃい。気をつけてね」

「え？」

「いっけ〜〜〜〜〜〜〜〜〜〜〜〜〜！　ヌッチョリラリアットォォ!!」

盛り上がってるタンポポに、もう言葉は通じないなって思った。

鈴雄は溜《た》め息《いき》一つ吐き出すと、席を立った。

「にしても、何に気をつけろって言うんだろ」

鈴雄はちょっと想像してみた。


その一、トイレに向かう途中、宇宙人に絡まれてる自分。

その二、トイレに向かう途中、セキュリティーセンサーとかに引っかかってレーザーで黒焦《くろこ》げになってる自分。

その三、トイレにて、便器に引《ひ》き摺《ず》り込まれる自分。

「まさか、三番ってことはないだろう」

笑いながら歩く鈴雄だったけど、彼は忘れていた。

ここが宇宙のど真ん中だってことをだ。

宇宙ってのは地球の常識は通用しないとこなのだ。

それから数分後……。

鈴雄は便器に引き摺り込まれた。


「いや〜〜、お客さんよかったね」

タコの吸盤《きゅうばん》みたいな口した宇宙人のおじさんが、湯飲みにお茶を注ぎながら言った。

「も〜〜少しで裁断機《さいだんき》にかけられてエナジーバクテリアプールに送られるところだったんだからね。いや〜〜〜〜、ちょうど私が下水パイプ掃除してる時でよかったよかった」

鈴雄は何も言わなかった。

ただ無言で、クシャミを一つかました。

詰め所のシャワーを借りて洗った体が、まだ完全に乾いてないのだ。

「にしても……」

宇宙人のおじさんは吸盤口《きゅうばんぐち》をちゅぱちゅぱさせて笑った。

「長年ここで下水管理やってるけど、便器に引《ひ》き摺《ず》り込まれたって客を見るのは初めてだ」

「僕も、長年トイレに通ってるけど、便器に引き摺り込まれたってのは初めてですよ」

憮然《ぶぜん》として、鈴雄《すずお》は言った。

「まあまあ、お茶でも飲んで落ち着きなさい」

湯飲み茶碗にお茶が注がれて、鈴雄の前に置かれる。

「まったくも〜〜〜〜」

ぶ〜たれながら湯飲みを手に取り口元に運ぶ。

「おいしいんだ。この硫酸茶《りゅうさんちゃ》は」

おじさんの言葉に、鈴雄は思わず茶碗を落とした。

じゅわって床《ゆか》が溶《と》けた。

「だあああああああああ、ぼ、僕を殺す気ですかぁ」

「すまんすまん。もしかして酸に弱いタイプだったか？」

おじさんはまたちゅぱちゅぱ笑った。

「ならこっちのお茶にしよう。こっちは硫黄《いおう》だから大丈夫だろ。何だったらナトリウム茶もあるぞ」

そんな化学の授業でしか聞かないようなもんを飲まされてたまるか。

ここはさっさと退散《たいさん》すべし。

鈴雄はそう決めると、さっさと立ち上がった。

「ど〜〜〜も、お世話になりました」

「え？　もう帰るのかい？　もう少しぐらいのんびり」

「いいえ、試合を見なくちゃいけないんで」

「試合ならほら、ここのテレビでも見れるぞい」

おじさんは部屋のテレビをぽちっとつけた。

リングでは相変わらずぬちょぬちょしてぐちょぐちょしたレスラーが戦ってた。

やっぱりモザイクはかけるべきだなって鈴雄が思った時だ。

突然《とつぜん》の銃声が鳴り響く。そして、何やら黒服の男達がリングに上がり込む。

それぞれが、何本もあるそれぞれの手に銃らしきものを握り締めてた。

鈴雄は「？？？」ってした。

そういう試合なのかなって思った。

地球にだって金網デスマッチとか画鋲《がびょう》デスマッチとか、ピラニアデスマッチとかよく分かんないマッチがあるのだ。

ここは宇宙なんだから、もっとすごいマッチがあったってちっともおかしくない。

だけど、ど〜〜見てもなんとかデスマッチって雰囲気《ふんいき》でもない。

これに近いものを上げるとしたら、映画の中で見たハイジャックの現場とかだろう。

「おじさん。これって何かのイベントですか？」

「ふ〜〜〜む」

おじさんはちゅぱちゅぱやってから、一言呟《つぶや》いた。

「こりゃ、なんとかジャックって奴《やつ》だぞ」

「ひえぇぇぇぇぇぇぇぇ」

鈴雄《すずお》はのけぞって驚いた。

「大変じゃやないっすか。えっと、電話電話電話」

「ムリのようだな」

おじさんが、近くの宇宙電話を耳に当てて首を振った。

「超強力な妨害《ぼうがい》電波にジャミングされてるようだな。使えやせん」

「それじゃ」

「正義の味方でも現れてくれんことにはど〜〜にもならんぞ」

おじさんはちゅぱちゅぱやりながら、すごく嬉《うれ》しそうに呟いた。

「ま、お茶でも飲んでゆっくりしてけ」

鈴雄は黙って考えてた。

正義の味方…………心当たりが一人だけいた。

その一人だったら、もしかしたらどうにかできるかもしれない。

あの男なら…………。

「失礼します！」

鈴雄はそう叫ぶと、部屋を飛び出した。


「諸君！　今からこの会場は、我々WWW団の支配下に置かれる！」

ひときわ体の大きな宇宙人の男が、拳銃《ピストル》を振り回しながら叫んだ。

「WWW団！」

タンポポは息を飲んだ。

WWW団。正式名称、『俺《おれ》たちゃ悪だぜ悪悪だぜ団』だ。

「そんな、宇宙の悪の秘密結社《ひみつけっしゃ》がどうしてこんな所に」

「我々の要求はただ一つ！」

WWW団は叫んだ。

「宇宙マクドナルドの朝マックを夜でも食べられるようにすることだ！」

会場内からどよめきが沸《わ》き起こった。

なんて恐ろしい要求なんだ。

信じられない。

さすがは悪の秘密結社《ひみつけっしゃ》だ！　とんでもないことを言い出す！

そんな声が囁《ささや》かれる。

「お前達は約束されるまでの人質《ひとじち》だ。なお、銀河連邦警察に通報しようなどと思うなよ。すでに妨害《ぼうがい》電波を張り巡らせてある。宇宙携帯電話は使えん。もちろん宇宙公衆電話も無駄《むだ》だ。テレパシー能力を持っているものでもこのジャミングの嵐《あらし》には耐えられないだろう。分かったか！」

会場内が恐怖《きょうふ》で静まり返った。

その時だった。

『はーっはっはっはっはっはっは！』

「誰《だれ》だ！　泣くならまだしも笑い出す奴《やつ》は！」

リングの上に設置された照明装置に立つ奴がいた。

ブルーなボディーの奴だった。

「無限に続くよ大宇宙。地球がどこかは分からぬけれど、瞳《ひとみ》を閉じれば目蓋《まぶた》に見える、あれが地球だよおっかさん！　株式会社オタンコナス製作、超特殊汎用《はんよう》パワードスーツ・ドッコイダー！　ペガサス星雲《せいうん》でも元気に参上《さんじょう》！」

「ドッコイダー！！！！！」

タンポポが瞳をキラキラさせて叫んだ。

「なんじゃとぉぉぉぉぉぉ！」

栗三郎《くりさぶろう》が驚いた。

「あらあら、こんな所で会うなんて。奇遇《きぐう》ですね」

おっとり栗華《くりか》ちゃんがおっしゃった。

「ええええええええええええ！！！」

瑠璃《るり》も驚いた。

「なんですってぇぇぇぇぇ！」

沙由里《さゆり》も驚いた。その時口に含んでたもんがみんな前の人の後頭部にかかって大変だったけど、とにかく驚いた。

「あ、ドッコイダーさんじゃないですか。いや〰〰〰、腐《くさ》れ縁《えん》って奴なんですかね」

ピエールが笑顔で言った。

それぞれが熱い瞳《ひとみ》を向ける中、ドッコイダーはリングに向かって飛び下りた。
「とぉぉぉぉ!!」
くるくると回転しながら落っこちてくる。
そして、頭からリングに突っ込んだ。
三人は、確信を込めて頷《うなず》いた。
「本物じゃ！」（栗三郎《くりさぶろう》）
「本物よ！」（瑠璃《るり》）
「本物だわ！」（沙由里《さゆり》）

5

突然《とつぜん》空から降って来た謎《なぞ》の人物に、悪物宇宙人達は思わず言葉を失った。

絶句《ぜっく》という奴《やつ》だ。

思わず半歩後退《あとずさ》っちゃったくらいだ。

だけど、彼らの名誉のために言わせてもらえば、決してひるんだわけじゃない。

突然のことにちょっと驚いただけなのだ。

リングに頭を突っ込ませて足をじたばたさせてる奴に、ひるめって言う方がどだいムリな話なのだ。

「おい！」

悪者宇宙人の一人がまたじたばたしてるドッコイダーに光線銃《レーザーガン》をつきつけた。

「何者だ貴様《きさま》？」

ドッコイダーは返事をしなかった。

頭がリングに突っ込まれてるから返事ができないのだ。

ちなみに言わせてもらえば、質問だって聞こえてなかった。

「おい!!」

悪者宇宙人は顔を近づけると険悪《けんあく》な声を張り上げた。

「何者だって聞いてる……」

宇宙人はそこまでしか喋《しゃべ》れなかった。

勢いよく引き抜かれたドッコイダーの後頭部が、見事にクリーンヒットしたのだ。

どげっと壮絶《そうぜつ》な音をたてて、その悪者宇宙人は吹っ飛んでいった。

「し、死ぬかと思った」

ドッコイダーはよろよろと立ち上がった。

実はいつもより高い所から飛び降りた衝撃《しょうげき》で、すでにダメージを食らってたのだ。

「よくもやりやがったな！」

気がつくと、悪者達がすごく息巻いていた。

「はて、私は何もしてないのだが……」

ドッコイダーは少しだけ首を傾《かし》げたけど、すぐに首の角度を元に戻した。

正義の味方の思考回路《しこうかいろ》ってのは細《こま》かいことは気にしないのだ。

目の前に元気な悪者がいる。

だからぶっ倒す。

正義の味方の思考回路ってのはけっこう単純にできてるのだ。

「悪い奴《やつ》らは、このドッコイダーがやっつけるぞ！」

飛んで来る光線銃《レーザーガン》を避《よ》けて、ドッコイダーは悪者宇宙人を突き飛ばした。

ロープで跳《は》ね返って来たとこで、すかさず大技を繰り出した。

「ハイパーミラクルデンジャラスドロップキック！」

どげ〰〰〰ん！！！

「エキセレントダイナマイツドッコイラリアット！」

どが〰〰〰〰ん!!

「アンビリーバボロパワーボム！」

どぎゅ〰〰〰〰ん！

「クレイジージャイアントパンダスイング！」

ぶるんぶるんぶるん、どが〰〰ん！

「ハブツイスト！」

ぎゅうぎゅう。

「13の字固め！」

ぎゅうぎゅうぎゅう。

その度《たび》に観客席から歓声《かんせい》が沸《わ》き起こる。

「すごいよドッコイダー！」

タンポポが手に汗を握り締めた。

「リングでしか使えないドッコイプロレス技をちゃんと覚えてたなんて」

とうとう、敵はあと一人ってとこまできてた。

「これで最後だ!!」

ドッコイダーは自らポールによじ登ると、ポーズを決めた。

「ドッコイダーフライングクロスチョップパーブルーコメットアタック!!」

「ダメエエエエエ!!　その技は!!」

タンポポが叫んだけど、時すでに遅《おそ》かった。

空高くジャンプし、くるくると回転したドッコイダーは、青い彗星《すいせい》のようになって敵に突っ込んでいく。

どっか〜〜〜〜〜〜〜〜ん！

そしてまた、リングに減《め》り込《こ》んだ。

今度は、下半身しか地上に出てなかった。

足だけをじたばたさせてるドッコイダーに、悪者宇宙人が歩み寄る。

「よくも、よくもやってくれたな」

光線銃《レーザーガン》の銃口が、ドッコイダーのオシリにぴったりと当てられた。

「くたばれ！！！」

しかし、光線は発射されなかった。

悪者宇宙人の手首を、がちっと掴《つか》む奴《やつ》がいたのだ。

赤紫《あかむらさき》の装甲服《そうこうふく》を着た、露出《ろしゅつ》の多いお姉ちゃんだ。

「だ、誰《だれ》だ貴様《きさま》は？」

「名乗るほどのもんじゃねぇ〜〜が教えてやるよ」

悪者宇宙人を空高く蹴《け》り上げると、自分もその後を追って高くジャンプした。

「俺《おれ》の名は！」

空中でがちっと悪者宇宙人を捕える。

「エメラルドカンパニー製作、超高機動パワードスーツ！　ネルロイドガールだ！」

どっが〜〜〜〜〜〜〜ん！

とてつもないスクリューパイルドライバーが決まった。

爆煙《ばくえん》が出ちゃうくらい、とんでもないものだった。

煙が晴れた後、そこにつま先だけの悪者宇宙人の姿があった。

それ以外のとこはリングに減り込んじゃってたのだ。

「ぷはあ！」

奇跡的《きせきてき》になんとか自分の力だけで体を引き抜いたドッコイダーは、そこにいる見慣れた顔に驚いた。

「ネルロイドガール！　どうしてお前がここに？」

「それはこっちの台詞《せりふ》だぜ。ま、大方《おおかた》想像はつくけどよ」

ぽりぽりと、耳の後ろの辺《あた》りをネルロイドガールは掻《か》いた。

「お前んとこにも、チグ・モッグルとかいうおっさんから招待状が来たんだろ？　いつも頑張《がんば》ってるお礼だとかで」

「ああ、そうだ」

「ったく、同じとこに招待するなんてな。変身前に顔でも合わせたらどく〜〜すんだよ。もし見たことある顔だったら大変だぜ」

ネルロイドガールはぐちぐち愚痴《ぐち》った。

「ま、犯罪者の連中はさすがにここってことはないだろうけどよ」

「確かにな。彼らまでここに招待されているってことはいくら何でもそんなこと……」

あった。

「ぬわ〰〰〰っはっはっはっはっはっはっは!!」

地面を突き破って現れるのは、巨大なカブトムシ形のメカだった。

「ドッコイダー！　ネルロイドガール！　こんな所で会うのも何かの縁《えん》じゃわい！」

「ドクター・マロンフラワー!!」

さらに……………。

「にゃーっはっはっはっはっはっは！」

観客席からやって来たのは、ぷにょんってゴーレムに乗っかったエーデルワイスだった。

「ポテトチップも食べ終わり少々飽《あ》きていたところぞよ」

「エーデル！」

「おーほっほっほっほっほっほ！」

空からシュバって降り立ったのは、怪人《かいじん》宇宙カンガルー男と女王様だ。

「あんたらの正体《しょうたい》、このリングで暴《あば》いてやるわ」

「ヒヤシンスまで！」

驚くドッコイダーの隣《となり》で、ネルロイドガールが拳《こぶし》をポキポキと鳴らした。

「おもしれ〰〰〰じゃね〰〰〰か。こっちこそここで三人まとめて逮捕《たいほ》してやるぜ。よかったな。宇宙刑務所が近くてよ」

そして、戦いの火蓋《ひぶた》が切って落とされた。

「ネルロイドハンマーエルボー！」

「行けい！　カブトム18号！　もと焼鳥屋台《やきとりやたい》の意地を見せてやれい！」

「さぁ、お行き！　宇宙カンガルー男！」

「負けないぞよ!!!」

「ドッコイダーハイパーミラクルデンジャラスドロップキック！」

どっかんばっかんのそ〰〰ぜつな戦いだった。

「あ〰〰あ、まさかこんなとこで犯罪者達と戦うことになるなんてなぁ」

タンポポが溜《た》め息《いき》つ吐き出したけど、すぐに笑顔で持ち上げる。

「でもまぁ、のんびり休んでるより、こっちの方が私達らしいって言えば私達らしいのかも。さ、こ〰〰しちゃいられない。いつもみたいにアタシも頑張《がんば》らないと」

タンポポは、最寄りの四次元あたりからセンスを二つ取り出した。

「がんばれがんばれドッコイダー！　負けるな負けるなドッコイダー！　ちょっとドッコイダー。何ポールによじ登ってるの？　まさか！」

まさかだった。

「ドッコイダーフライングクロスチョップブルーコメットアタック!!」

高く跳躍《ジャンプ》し、ドッコイダーはさっきと同じように青い彗星《すいせい》と化した。

青い彗星《すいせい》は、リングを離れて実況席に突っ込んだ。

「あ〰〰〰〰あ、懲《こ》りないんだから」

タンポポは慌《あわ》ててドッコイダーのもとへと駆け寄った。

「落下時のバランサーがどーも調子よくないんだから、ダメだって。その技を使っちゃ」

「タ、タンポポ。何かすんごい技はないか？」

「えっと、ファイナルカウントダウンバックドロップってのがあるけど」

「ファイナルカウントダウンバックドロップだな。よし、覚えたぞ」

何度も何度も口の中で呟《つぶや》きながら、ドッコイダーは戦場に帰って行った。

「がんばってね〰〰」

そこで、タンポポは気がついた。

今の衝撃《しょうげき》で、実況の人達がみんなダウンしちゃったってことに。

幸い、実況設備はまだ生きてるようだ。

「やっぱり、勝手《かって》にリング横取りして戦ってるってことなんだから、悪いよね。観客の人達に」

タンポポはよいこらしょと、倒れたテーブルを起こすと、マイクを握り締めた。

「え〰〰〰、これからの実況は、不肖《ふしょう》、株式会社オタンコナス専属デザイナー、タンポポ・トコドッコ・ポポールが……」

たたみ掛けるように、別の声が放送に交じった。

「エメラルドカンパニー、第18技術部主任、ハナモモンチョ・モンチョッチョ・モンブランがお送りするで。みんなしっかり聞いてな」

隣《となり》を見ると、ハナモモンチョがマイクを握り締めてた。

「あんたってこ〰〰ゆ〰〰の嫌いだと思ってたけど」

「ネルロイドガールの性能をアピールできるチャンスなんや。見逃せるわけあらへんやろ」

「いいけど、アタシの実況の邪魔《じゃま》しないでよ」

「それはこっちの台詞《せりふ》や」

そして、一人と一匹による中継が始まった。

「おおおおおっと！　みなさんご覧《らん》になりましたか！　ドッコイダーの必殺技！　ファイナルカウントダウンバックドロップ！　これはすごい！　怪人《かいじん》がリングに叩《たた》きつけられたぁ！」

「ネルロイドガールのバックスピンキックがクリーンヒットや！　秒速365メートルの高速回転から繰り出されるキックや。威力《いりょく》は半端《はんぱ》やないんやで！」

二人の実況放送によって、もともと上がってた観客のボルテージがさらにヒートアップした。

ドッコイダー&ネルロイドガールVS宇宙犯罪者達の戦いは、かつてないくらいうけた。

6

帰りの宇宙リムジンは、中空町《なかそらまち》の外《はず》れの山林に着地した。昼間ってこともありコスモス荘まで行くのは目撃《もくげき》される可能性があるってことからの配慮《はいりょ》だった。

リムジンから降り立った鈴雄《すずお》は、心の底から呟《つぶや》いた。

「つ、疲れた」

それは言わなくても分かってた。

見るからに満身創痍《まんしんそうい》なのだ。服もぼろぼろだし、あっちこっちに擦《かす》り傷《きず》や青アザができてるし。

あまりに激しい戦いだったがために、パワードスーツを通してまでこんなぼろぼろになってしまったのだ。

「お疲《つか》れ様《さま》だよ。本当に」

同情するように小鈴《こすず》が言う。そういう小鈴も目の下にクマ作っちゃってたりするのだ。

「まさかあんなすごい戦いになるなんてね」

「まったくだよ」

鈴雄は力なく溜《た》め息《いき》を吐き出した。

「しかも結局一人も逮捕《たいほ》できず……だもんな」

「でも正体《しょうたい》は暴《あば》かれなかったでしょ。プラス思考《しこう》でいこうよ。うんうん。さ、家に帰ろ」

「ああ、帰って寝る。寝るったら寝る。１００万人が寝るなって言ったって僕は寝ってみせるからな」

掘り起こされたばっかのゾンビみたいな足取りで、鈴雄はコスモス荘へと向かった。途中、力つきそうになって小鈴に背中を押してもらうとかしてもらったけど、なんしかコスモス荘へと帰ってくる。

そして、門の所で　同は遭遇《そうぐう》した。

栗三郎《くりさぶろう》と栗華《くりか》と瑠璃《るり》と沙由里《さゆり》とピエールと朝香《あさか》。

みんなそろってぼろぼろだった。

「ど〜〜したんだよお前ら。そんなぼろぼろになりやがって」

「それはこっちの台詞《せりふ》だよ。朝香お姉ちゃんだってすごいよ」

「旅先でな。ちょっとあったんだよ」

「奇遇《きぐう》じゃな。わしらも旅行先でちょっとな」

「右に同じよ。私達も旅先で……。ね、ピエール」

「はい、ちょっとありました」

「瑠璃もね、友達の家でちょっとあったの」

「そういう鈴雄は？　ど〜〜したんだよその体」

「いや〜〜〜〜〜〜」

鈴雄は力なく笑いながら言った。

「ちょっとあったんですよ」

不自然を絵にして額縁《がくぶち》にはめ込んだような空気だった。

だけど、そんな空気に注目するほど元気のある人物はいなかった。

もちろん、それぞれが口にしてるちょっとってのが、みな同じちょっとだってことに気がつく者はいなかった。

「残りの連休は、家でじっくり休もうと思います」

鈴雄《すずお》の言葉に、一同そろって首を縦に動かした。

一分《いちぶ》の狂いもなかった。

追伸

「ねえねえ、エッグドームからまた近いうちにやってくれって話が来てるんだけどさ。ど〜〜〜する」

もちろん、鈴雄は力の限り叫んだのだった。

「だ〜〜〜〜〜〜〜〜!」

バレンタインでドッコイ！

1

✼来たれ乙女！
✼中空商店街主催バレンタイン特別企画
✼チョコットコンテスト！
✼手作りチョコに自信のある方　大集合
✼コンテスト優勝者にはレストランゴージャスのゴージャスディナーペア券をプレゼント。

ってなポスターが貼《は》ってあった。

場所は、駅前の掲示板だった。

なんとなく足を止めて鈴雄《すずお》がポスターを見てると、その後頭部がいきなり殴《なぐ》られた。

「よっ！　何見てんだよ」

かなり痛かった。思わず涙がちょちょ切れちゃうくらいにだ。

こんなことする乱暴な奴《やつ》は知り合いの中には一人しかいない。

鈴雄《すずお》は涙をちょちょ切らせながら振り返った。

やっぱりその一人だった。

「朝香《あさか》。僕に恨《うら》みでもあるのか？　いっつもボカスカ」

「何言ってんだよ。軽くパシって叩《たた》いただけだろ？　挨拶《あいさつ》だよ挨拶」

「今のが挨拶だって言うなら、ボクシングなんて挨拶合戦だよ。もう少し手加減《てかげん》してくれよ」

「お前が後頭部鍛《きた》えりゃやすむことだろ」

「鍛えろって言われたって、後頭部だぞ、一体どうやって」

「うるせーな。鉄アレイでゴンゴン叩きゃ強くなるだろう。それより、何見てたんだよ」

鈴雄をぐいっと押《お》し退《の》けて、朝香はポスターの前に立った。

「なになに、チョコットコンテスト？　バレンタインの手作りチョコのコンテストか」

朝香は、フンって鼻から息を吐き出した。

「下《くだ》らね〜〜〜ことやるんだな。中空《なかそら》商店街って」

「商店街も大変なんだよ。大型スーパーだなんだで客足が遠のいちゃってるからさ。いろんなイベント考えてやってるんだよ。とくにバレンタインって言ったら女の子の財布のヒモだってゆるくなるだろうからさ」

「ふ〜〜〜〜〜ん、ま、俺《おれ》には関係ね〜〜〜〜けどな」

　って伸びをする朝香を、鈴雄は見た。

『うふふ、明日はバレンタイン。私の心を込めた手作りチョコ。先輩受け取ってくれるかしら？

ドキドキなの』

　なんてことするとは絶対に思えない風貌《ふうぼう》だ。想像しただけでも鳥肌《とりはだ》がたってしまう。

「うう、さぶ」

　一人で勝手《かって》に想像して一人で勝手にぶるってる鈴雄に、朝香が言った。

「ど〜〜〜せお前だって関係ない日だろ？　バレンタインなんて」

「どういう意味だよ？」

「そのまんまの意味さ。ど〜〜〜せもらったことないんだろ？　チョコ」

「失敬な。聞いて驚け！　こう見えても毎年四つはもらってるんだ！」

　思い切り胸を張ってる鈴雄に、朝香が尋《たず》ねる。

「誰《だれ》から？」

「え？」

「誰からだよ」

「それは…………母さんだろ。それから、姉ちゃん。あと父方の親戚《しんせき》のチビちゃん。それから
…………まあど〜だっていいだろ？」

「最後の一つはどっからだ？」

「それは………だから……」

鈴雄《すずお》は、ごもごも口ごもってから、ポツっと呟《つぶや》いた。

「母方の親戚《しんせき》のチビちゃん」

「何だよ。みんな身内関係じゃね〜〜かよ。ど〜〜〜せそんなことだと思ったよ」

朝香《あさか》がへって笑った。「へ」って笑ってから、「ん？」って首を傾《かし》げる。

「ちょっと待て。一つ足りないんじゃないか？」

「え？」

「小鈴《こすず》だよ。あんな仲良し兄妹なのに、くれないのか？　チョコ」

「それは………」

鈴雄はメチャ戸惑《とまど》った。

もうわざわざ説明するまでもないけど、小鈴と鈴雄は兄妹なんかじゃない。

小鈴の正体《しょうたい》はタンポポという名前の宇宙人。

ドッコイダーのサポート役として地球にやって来た。

兄妹ってのは世間を忍《しの》ぶ仮《かり》の姿なのだ。

だから、当然チョコなんかもらったこたない。

だって出会ったのが去年の春なんだもの。

「まぁ小鈴は、そういうことに興味ない奴《やつ》だからさ。今年は分かんないけど」

「そっか」

鈴雄の適当な誤魔化《ごまか》しで、とりあえずの危険は過ぎ去った。

「ま、ちょうど一四日は休みだし、ど〜〜せヒマだろうから見に来よっかな」

鈴雄がそう呟いた直後だった。

「ぜひに！」

いきなり目の前にヒゲの親父《おやじ》さんが出てきてこんなこと言われたら、そりゃあびっくりするってもんだ。

「うわぁ！」

って軽くのけぞってから、鈴雄は気がついた。

「あ、時田《ときた》さんじゃないすか」

鈴雄が前にバイトしてた喫茶店のマスターだ。

一度経営不振で潰《つぶ》れちゃったけど、不死鳥《ふしちょう》のごとく蘇《よみがえ》って営業を再開してる。

「ど〜〜も、お久しぶりです」

とりあえず挨拶《あいさつ》してから、鈴雄は聞いた。

「お店の方はど〜ですか？」

「ぼちぼちといったところだが、相変わらず商店街離れが進んでいてね。それでこのコンテストを企画したんだ」

「え？　これって時田《ときた》さんが」

「ああ」

時田さんは得意《とくい》げに鼻をこすった。

「手作りチョコのコンテストということで、チョコレートが売れればデコレーション用品も売れる。箱や包装紙だって売れる。メッセージカードだって売れる。手作りチョコの造り方の本だって売れるだろう。商店街もこのイベントにかなり熱心でな。優勝商品だってほら、奮発《ふんぱつ》してレストランゴージャスのゴージャスディナーペア券だ」

「レストランゴージャス！　すげ～じゃね～～～か」

朝香《あさか》の目の色も変わるくらい、それは有名なレストランだ。東京の有名ホテルの一番上の階にどかんとある。美しい夜景にも定評がある。

ちなみに、料金はバカだ。水一杯にも金取るようなくらいだ。

バブル時代ならともなく、完全に時代を間違ってる。だけどテレビで特集されてて人気は爆発中だ。

「俺《おれ》、コンテスト出てみよっかな。手作りチョコってのに挑戦して」

「まあ、陰《かげ》ながら応援してるよ」

びみょ～～～～な表情でそう告げてから、鈴雄《すずお》は時田さんに目を向けた。

「時田さんが審査員やるんですか？」

「い〜〜や、裏方に徹《てっ》するさ。審査員は町内の人間から適当に選んで…………そだ」

時田さんポコンと手を打った。

「鈴雄くん。君やってくれよ」

「何をです？」

「だから、審査員だよ」

しばし無言。

「えええええええええええええ！」

鈴雄は特大のえええええええええええええを発した。

「いきなりそんな投げやりに、僕なんかムリですよ。チョコレートのことなんかよく知らないし。それに…………これまでのバレンタインだって………」

「い〜〜〜〜んだってば。むしろこれまでチョコなんかもらったことのないような人にこそ審査してもらいたいんだ。君しかいないよ」

適当大魔《てきとうだいま》王《おう》で時田さんはおっしゃった。

「心配いらないよ。君一人じゃないから。あと三、四人どこかで調達してくるから。それじゃ頼みましたよ。来週」

「ちょっと」

「らんたったらんたったらんたった」

時田《ときた》さんは鼻歌混じりのスキップで行ってしまった。

「そっか〰〰、お前が審査員なのか〰〰」

隣《となり》で、朝香《あさか》がにやにや笑ってた。

思い切りいろんなもんを含んだ笑いだった。

「よし、俺《おれ》も出るぞ。コンテストに」

朝香はぐいっと鈴雄《すずお》の首に腕を巻きつけた。

「よろしく頼んだからな」

不正はいけないと思います。

ってことは、鈴雄は言えなかった。

言ったらまず間違いなくヘッドロックってでぐいぐい締め上げられるからだ。

「ううううううう」

鈴雄は降ってきた災難にハラハラと落涙《らくるい》した。

2

一方その頃《ころ》、中空町《なかそらまち》の三丁目の角のブロック塀《へい》の前では……。

壁に貼《は》り付けられたポスターを、一人の少女が食い入るように見つめてた。

髪の毛をポニーテールにした、赤いランドセルを背負った女の子。

彼女の名前は梅木瑠璃《うめぎるり》。中空町第一小学校の三年三組の委員長として、日々学校ウサギの世話をする健気《けなげ》な女の子だ。

その実体は、ゴーレム使いの能力を持つエルロード星人の生き残りなんだけど、もうみんな知ってると思うので細《こま》かい説明は省《はぶ》く。

とにかく、瑠璃は真剣だった。もしかしたらこの瞬間、世界で一番真剣だったかもしれない。

「チョコットコンテスト……レストランゴージャスでコーチとゴージャスディナー」

妄想虫《もうそうむし》を頭の中にいっぱい飼《か》ってる瑠璃だ。すぐに頭は妄想で一杯になる。

場所は最上階の展望レストラン。100万ドルの夜景が見渡せる窓際の席で、自分は愛《いと》しいコーチと一緒《いっしょ》にディナーをしてる。タキシードとドレスっていうこの場にふさわしい格好《かっこう》でだ。

もちろん、食べてるのはお子様ランチなんかじゃない。そりゃあもう説明できないようなゴージャスなディナーだ（作者が想像できないから細かい説明は省く）。

『奇麗《きれい》な夜景ですね。コーチ』

『本当だね。だけどどんな夜景も、瑠璃ちゃんのドレス姿の前では色あせてしまうけどね』（キラリン）

「いや〰〰〰〰〰〰〰〰〰〰〰〰〰〰〰ん。コーチったら」

現実世界で、瑠璃は両頰《りょうほお》を押さえてくねくねした。

「そんな、いくら瑠璃《るり》のドレス姿がチャーミングだからって、そんなに見つめられたら恥《は》ずかしいです」

なんてひたすらくねくねやってる瑠璃の頭に上に、そのドデカマシュマロは乗っかって来た。しかもダブルで。

「大丈夫よ。いくらドレスを着たって、そんな洗濯板《せんたくいた》みたいな胸じゃ誰《だれ》も見つめたりしないから」

「その声、それからこの頭の上に乗っかってる人知を超えた肉の塊《かたまり》は……」

瑠璃は振り返ると、そこにいた人物に向かって叫んだ。

「沙由里《さゆり》!」

「おーほっほっほっほ。こんにちは。おチビちゃん」

コスモス荘、二号室に生息する、爆発ダイナマイトボディな謎《なぞ》美人、峄根《ゆりね》沙由里が立っていた。

すぐ後ろには金髪美青年のピエールがにこにこしてる。

その実体は、超A級宇宙犯罪人で、クイーンオブジ動物園って呼ばれてる危ないお姉様とその下僕《しもべ》なんだけど、まあやっぱり細《こま》かい説明は必要ないと思われるので省《はぶ》く。

「やっぱり、ドレスを着るんならこれぐらいはないと」

沙由里は、自分の胸に手を当てると持ち上げて見せた。確かに言うだけのことはある。鉄ア

レイの代わりに筋力トレーニングに使えそうなくらいだ。

「…………何度も言ってるけど大きけりゃいいってもんじゃないの！」

瑠璃《るり》が叫ぶ。

「そんなのでっかい肉饅《にくまん》がくっついてるようなもんじゃない！」

「何ですって！」

火花がバチバチってした。

二人のおっぱいネタ対決は今に始まったことじゃない。連綿《れんめん》と繰り返されているのだ。

「まあまあ、二人とも落ち着いてください」

ピエールが二人の間に割って入るけど…。

「あんたは引っ込んでなさい！」

「引っ込んでて！」

二人にどげって蹴《け》り飛《と》ばされて、ピエールは道端で悶絶《もんぜつ》した。

「あ〜〜〜〜、一度に二人から責《せ》められるのって新鮮！」

道端で悶《もだ》え喜んでるピエールなんかきっぱり無視して、沙由里《さゆり》と瑠璃のおっぱいネタロゲンカはしばらく続いた。

しばらくして、さすがにお互いに疲れたのか肩を落として荒く呼吸する。

「ん？」

そんな時だ。沙由里が隣《となり》の貼《は》り紙に気がついたのは。

「チョコットコンテストですって。優勝者にはレストランゴージャスのゴージャスディナーペア券か……へえ」

沙由里の口元に妖艶《ようえん》な微笑《ほほえ》みが浮かんだ。

「素晴《すば》らしい夜景ね。悪くないんじゃないかしら」

「そ〜〜ですね。たまにはそういった夜景を見ながらのプレイも悪くないです」

いつの間にか悶えから復活し、そんなことを言うピエールを、沙由里は思い切り蹴飛ばした。

さらに、ハイヒールでぐりぐりと踏みつけた。

「ああ、でもこういった路上プレイも好き」

悶え喜ぶピエールをそのままに、沙由里はこくんと頷《うなず》く。

「決めたわ。私、このコンテストに出場するわ」

「何ですって！」

瑠璃が色めきたった。

「まさか、まさか優勝したらコーチを誘《さそ》うつもりなんじゃ」

「あ〜〜〜〜ら、誰《だれ》を誘うのかはひ・み・つ・よ」

言葉を弾《はず》ませて、沙由里は言った。

「ヒントを上げるとしたら、私の上に住んでる人かしら？」

「上……ってことはやっぱり五号室のコーチのことじゃない！」

「さ〜〜、ど〜〜〜〜〜かしら〜〜〜〜」

沙由里《さゆり》はそらっとぼけた。

「あんたになんか優勝させないわ。優勝はこの瑠璃《るり》が」

「あら〜〜そんな洗濯板《せんたくいた》な胸してて優勝なんかできるかしら？」

「手作りチョコと胸は関係ないでしょ‼」

「お――――ほっほっほっほっほ」

沙由里は高笑いを響かせた。完全に瑠璃のことからかって遊んでるよ〜だ。

「さ、ピエール。材料の買い物に行くわよ」

まだ道端で悶《もだ》え苦しんでるピエールの首ねっこを摑《つか》み引っ張り上げる。

「それじゃね、オチビちゃん」

また笑いを響かせて、沙由里はその場を去って行った。

「うううう」

瑠璃は唇《くちびる》を噛《か》み締めた。

「瑠璃だって負けないんだから！」

拳《こぶし》を握り締めて決意する。

「こ〜〜しちゃいられないわ。早く家帰って貯金箱をひっくり返さないと！　材料代あればいいけど！」

瑠璃も走り去った。

それからしばらくたった後のことだ。

「あらあら、この貼《は》り紙は何かしら？」

買い物袋をぶら下げた、眼鏡《メガネ》のお姉さんが通りかかる。

栗之花栗華《くりのはなくりか》。それが彼女の名前だ。コスモス荘の一号室に祖父と一緒《いっしょ》に暮らしてるとっても家庭的な女の人だ。

もちろん、コスモス荘に暮らしてるってことから分かるように普通の女の人じゃない。実はゼンマイ仕掛けのロボットだったりする（細《こま》かい説明はめんどうだから省《はぶ》く）。

栗華はその貼り紙に顔を近寄らせた。大きな眼鏡にその文字を映す。

「バレンタイン……チョコットコンテスト……」

しばらくしてから、栗華はこきっと小首を傾《かし》げた。

「一体何のことなのですかね？」

3

『先輩！　私、先輩のために、手作りチョコ作って来たんです！　受け取ってください』
1「ブラボ――――！　最高だぜベイビー！」

2「ありがとう。すごく嬉《うれ》しいよ」
3「うつせえ死ねバーカ!」

「ふ〜〜〜〜む」

コスモス荘一号室にて、その老人はテレビ画面を前に悩んでいた。

「3番は論外として、常識的に考えればこれは2番が正解なのじゃろうが、もしや1番で大幅好感度アップということもありえる。無難《ぶなん》にいくか冒険をするか道は二つに一つ。ふ〜〜〜む」

老人の名前は、栗之花栗三郎《くりのはなくりさぶろう》。その正体《しょうたい》は、宇宙中のゲームセンターを荒らし回った悪の天才科学者、ドクター・マロンフラワーなのだ。

最近は美少女ゲームやらフィギアにどっぷりはまり、すっかり秋葉系《あきばけい》の人間になってしまったじ〜〜さんだ。

「いかんいかん。これまで冒険の度《たび》に失敗して好感度ダウンしてるんじゃや。ここは一つ無難にいこうかの」

栗三郎は、ボタンを押した。

『ありがとう。すごく嬉しいよ』

『……本当は嬉しくないんですね。そんなあっさりとしてるなんて。センパイの馬鹿《ばか》! あ

〜〜〜〜〜〜〜〜〜〜ん！』（泣きながら走り去る）

「んな馬鹿《ばか》な〜〜〜〜〜〜〜〜〜〜〜〜〜〜！」

栗三郎が畳《たたみ》の上を転《ころ》げ回ってる時だった。玄関の扉《ドア》ががっちゃりと開いて、買い物袋ぶら下げた栗華《くりか》が入ってくる。

「お祖父様《じいさま》、いかがいたしましたか？」

「いや、何、ちょっと理不尽《りふじん》なフラグに頭に来てただけじゃ。それより例のものは」

「一応、お祖父様が予約していたゲームを買ってまいりましたけど」

「おお、これじゃこれじゃ。ドキドキ学園エンジェルズ」

栗三郎は早速《さっそく》ゲームを入れ替えると、新しいゲームを始めた。

「まずは名前決めからじゃな。えっと、名前は栗三郎。あだ名は栗《クリ》ちんと」

ピコピコやってる栗三郎に、栗華が言った。

「お祖父様、一つお聞きしたいことがあるのですが」

「何じゃい？」

あくまでピコピコやってる栗三郎に、栗華は尋《たず》ねた。

「バレンタインというのは、一体どのような意味のある催《もよお》しなのでございますか？」

「何じゃいお前？　バレンタインを知らんのか？」

「はい、少しデータベースに欠落《けつらく》部分がありまして」

栗華《くりか》は付け加えるようにして言った。

「お祖父様《じいさま》のやっておられるゲームによく出てくる単語ということは理解しているのですが」

「ちょうどいい。こいつを読め」

さっきまでやってたゲームを、栗三郎《くりさぶろう》は突き出した。

「バレンタインメモリアル……ですか」

「そうじゃ。こいつを読めばバレンタインというものがどのような日なのかよく分かるはずじゃ」

「分かりました…」

栗華は胸のボタンに手をかけると、ぷちぷちと外し始めた。上半身ブラだけになるとその背中を栗三郎に向ける。

背中の一部がぱっくりと開き、なんだかとってもプレステっぽい機械が現れた。

「お祖父様。お願いします」

「お、そうじゃったな」

ぶつくさ呟《つぶや》きながら、そのプレステっぽい装置にゲームを突っ込んでスイッチを押した。

ういいいいいいんって音をたてて読み取りが開始される。ものの五秒ほどで回転は止まった。

「読み取り、終了いたしました」

栗三郎にゲームを取ってもらうと、栗華は背中のハッチを閉じ、服を着こんだ。

「バレンタインってのがどんなものか分かったのか？」

「はい、理解いたしました」

こっくりと頷《うなず》いてから、栗華はすくっと立ち上がった。

「あの、お祖父様。私、買い物に出かけて来ます」

「買い忘れたものでもあったのか？」

「いえ、その……そうではなくて」

何か赤くなりながら栗華はもじもじした。

「失礼します」

ぺこって頭を下げると、栗華は部屋を飛び出して行った。

「なんじゃいありゃ」

ポカンと栗華の出て行った玄関を見つめてから、栗三郎はまあいっかって視線をテレビに戻す。

4

「さ〜〜〜って、まずはどの娘から狙《ねら》っていこうかの〜〜〜」

「へ〜〜〜〜〜〜〜〜〜〜、それでお兄ちゃんが審査員をすることになっちゃったんだ」

夕飯の食卓にて、茶碗《ちゃわん》にご飯をよそいながらおかっぱ頭の少女は言った。

桜咲小鈴《さくらざきこすず》。一応、鈴雄《すずお》の妹ってことになってるけど、その正体《しょうたい》は言わずと知れた宇宙人、タンポポ・トコドッコ・ポポールその人。モニター補佐《ほさ》をその仕事とし、日夜鈴雄の食生活に気を配ってるお嬢様だ。

「チョコットコンテスト。ちょっと面白そうだね。アタシも出ようかな」

そんなタンポポの言葉に、鈴雄は微妙に顔をひくつかせた。

理由は、目の前に並ぶ料理達だ。

なんていうか、ぬちょっとしてぐちょっとしてめちょっとした料理の数々。

いつも、食卓につく度《たび》に鈴雄は思ってる。

きっとエイリアンってこういったところから誕生するだろうなって。

この食卓を見る限り、小鈴のチョコットコンテスト出場はど〜〜〜かと思う。っていうか止《や》めといた方がいい。

『見てみて、イガグリフナムシをチョコでコーティングしたの』

なんて言ってもそもそ動いてるチョコを出しかねない。

おい、見ろよ。あの女の子、間抜けな顔した審査員の妹だってよ。

毎晩あんなの食ってるらしいぜ。

うえ〜〜〜〜信じられない〜〜〜〜〜〜。

きっとゲテモノマニアなんだぜ。近寄らないようにしよ。

「なぁ、小鈴」

鈴雄はおずおずっと話しかけた。

「止めといた方がいいぞ。きっとすっごいチョコ作ってくるお姉さんとかいるんだから、勝ち目なんかないって。観客席から見てるくらいがちょうどいいんだから」

「あ！　アタシのことバカにしてるでしょ！」

おたふく風邪《かぜ》にかかったフグみたいに、小鈴は頬《ほお》を膨《ふく》らめた。

「忘れてるかもしれないけどね、アタシってプロのデザイナーなのよ！」

「え？」

「あ、やっぱり忘れてる！」

フグのおたふく風邪が悪化した。

「タンポポ・トコドッコ・ポポールは、株式会社オタンコナスの専属デザイナーなの。多分誰《だれ》も覚えてないようだからここでハッキリ言っておくけど、ドッコイダーのメインデザイナーはアタシなの!!」

ここだけは譲《ゆず》れませんって感じに、小鈴はだんって拳《こぶし》を机に叩《たた》きつけた。

なんとなく気迫《きはく》に負けて鈴雄はパチパチと拍手《はくしゅ》する。

それから、ふっと疑問に思って尋《たず》ねた。

「どうしてそんなデザイナーがモニターの補佐《ほさ》として僕んとこに？」

「何よ。アタシに不満でもあるの？」

「いや、そんなこと……」

一瞬だけ視線がちゃぶ台の上の料理に向けられたけど、鈴雄《すずお》は強く首を横に振った。

「不満なんかないよ。ただちょっと疑問に思ってさ」

「ふ〜〜ん、まっいっか。それじゃ説明します。どうしてこの私がモニター補佐として地球にやって来たのか」

軽く息を吸い込むと、小鈴《こすず》は言った。

「人間型がアタシだけだったの」

「はい？」

「だから、地球人と同じ体の形をしてるのがアタシだけだったの。他《ほか》の人は、カタツムリ型だったり軟体《なんたい》動物型だったり昆虫型だったり動物型だったりおサカナ型だったり」

「それで、唯一《ゆいいつ》の人間タイプの小鈴がやって来たと」

「ピンポ〜〜〜〜ン！　社長に呼ばれてね。人間型が他にいないからお前行ってくれよ。ボーナス弾《はず》むからさって言われて」

「なんていうか、てきと〜〜なんだな。宇宙の会社ってのも」

「ま〜〜〜〜、ちっちゃな会社だからね」

フッて、小鈴は息を吐き出した。

それから、元気１００パーセントでぶちかました。

「とにかく、チョコットコンテストにはアタシも出るから」

「本気か？」

「本気も本気超特大の本気。早速《さっそく》夕ご飯すんだから設計図書かなくちゃ」

猛然《もうぜん》とご飯を食べ始める小鈴。

「あの、できればへんな宇宙生物系は使わないように」

「やっぱり、チョコレートって言ったら基本はボルボルムシの幼虫かしらね。チョコレートボルボルっていったら外《はず》せないもんね。あ、だけど定番過ぎるかな？」

鈴雄は、ぬかみそを頭からかぶったようないやな表情を浮かべた。

そしてこの場での説得《せっとく》を諦《あきら》めた。

本番までの数日、じっくり時間をかけて説《と》き伏《ふ》せていこうと考え直したのだ。

鈴雄はぬちょっとしたおかずでご飯をかっこみながら思った。

他の出場者達も、もうコンテスト目指していろいろやってるんだろうかって。

一方その頃《ころ》、一号室栗之《くりの》花邸《はなてい》では。

「おい、栗華《くりか》。これは……」

目の前のチョコレートケーキを前にして、栗三郎《くりさぶろう》は眼鏡《メガネ》の中の目をしばたたかせた。

「チョコレートケーキです」

栗華は言った。きっぱりと言い切った。

「それは分かっとるんじゃが」

「味見をしていただけませんか？　こういったお菓子系統のデータが不足していますので」

「そりゃ味見ぐらいかまわんのじゃが」

栗三郎は隣《となり》に目を向けた。

みそ汁と漬物《つけもの》があった。

「もしや、夕飯はこれだけとか言うんじゃなかろうな？」

「そんなことありません」

ほっと胸をなで下ろす栗三郎の前に、どでんって別の皿が置かれた。

もちろん茶色で甘《あま》そうな物体が載ってた。

「ブラウニーというお菓子です」

「…………」

栗三郎は絶句《ぜっく》した。

そして思った。

こいつ、妙なウイルスにやられたのかもしれんの。

一方その頃《ころ》、二号室、峅根《ゆりね》沙由里《さゆり》とその下僕《しもべ》ピエールは。

「お〜〜〜〜ほっほっはっほっほっほ。手作りチョコなんて楽勝よ。チョコを溶《と》かして私のすばらしいデザインセンスで飾り立てればいいだけなんだから」

「ファイトです。お嬢様」

「よし、チョコが溶けたわね」

「は！」

ピエールが服を脱ぐとその場に四《よ》つん這《ば》いになった。

「おーっほっほっほっほ、いくわよ」

ドロドロに溶けたチョコを、ぽたぽたとピエールの背中にたらす。

「ああ、ロウソクとは違った甘い刺激が」

「ほーっほっほっほっほ…………ほ」

沙由里は間違いに気がついた。

「何やらすんじゃい！」

一方その頃《ころ》、三号室、梅木瑠璃《うめぎるり》は。

「えっと、ここに砂糖菓子をくっつけてと。完成！」

瑠璃は目の前の茶色い怪獣《かいじゅう》に万歳《ばんざい》した。

「くっくっく、これでドッコイダーも終わり…………」

間違いに気がついた。

「違うっちゅ〜〜〜〜ねん！」

一人でノリツッコミした。関西人だってなかなかできない見事な腕だ。

「なんで怪獣なんか作っちゃうのよ！　作らなくちゃいけないのはラブラブバレンタインチョコレートなのに」

がしがしと床《ゆか》を叩《たた》きつけてから、瑠璃は不屈《ふくつ》の根性《こんじょう》で立ち上がった。

「よし、再度チャレンジよ。まだまだチョコレートはたっぷりあるんだから」

って頑張《がんば》ってると、瑠璃のズボンがくいくいって引っ張られる。

「ばぶーばぶー」

「ちょっと、次郎《じろう》。姉ちゃんの邪魔《じゃま》しないでよ。あっち行ってなさい！」

「あ〜〜〜〜〜〜〜〜んあんあんあんあ」

「分かったわよ。はい、これ」

瑠璃は、デコレーションセットを次郎くんに押しつけた。

「それで遊んでなさい。姉ちゃん今がんばってるんだから」

瑠璃は頑張った。頑張ってがんばってガンバった。そして、ついに完成した。

「できた！」

多少いびつだけど、紛《まぎ》れもないバレンタインチョコだ。

「次郎見てみなさいよ。なかなかのもんでしょ」

って振り返ると、次郎はすごいもん作っちゃってた。お菓子雑誌見たってなかなか見られないようなデコレーションチョコだ。

「うそでしょ〰〰〰〰〰〰〰〰〰〜！」

瑠璃はへこんだ。

「見て見てあなた。この子」

「ほ〰〰、すごいな将来は有名パティシエかもな」

のんきな梅木夫婦が喜んでた。

「ものすごく悔《くや》しい」

瑠璃は奥歯を噛《か》み締めた。

一方その頃、四号室の野菊朝香《のぎくあさか》は。

ビール缶に囲まれて眠ってた。

テーブルには、買って来たままの板チョコが散乱《さんらん》してた。

やる気度数、マイナス500ポイントである。

ペットのハナ一《ハジメ》くんがカリカリチョコレートを齧《かじ》ってた。

ニンジンよりも、チョコレートが好きっていう変わったウサギさんなのだ。

ハナ一くんの鼻から鼻血がつ〰〰ってたれた。

「!!!」

ハナ一くんは慌《あわ》てて丸めたティッシュを突っ込んだ。


それぞれの思いを胸に、コンテストへ向けての日々が過ぎていった。

5

「レディース・アーンド・ジェントルマーン。本日は中空《なかそら》商店街広場へようこそ。それでは、中空町商店街主催、バレンタインデー特別企画！　チョコットコンテストの開始です！」

金ピカ服の司会が声を張り上げた。

「うおおおおお」

なんか盛り上がってた。

前々から告知してたからそれなりに注目度も高いのだ。人だってかなり集まってる。

地元のケーブルテレビ局だって取材に来ちゃってるくらいなのだ。

「それではまず、みなさんの代表として手作りチョコの審査をする審査員を紹介しましょう。まずは若者代表！　桜咲鈴雄《さくらざきすずお》くん！」

審査委員席にて、鈴雄は居心地の悪そうにお辞儀《じぎ》した。

「続いて、老人代表！　栗之花栗三郎《くりのはなくりさぶろう》さん！」

その隣《となり》で、栗三郎は渋茶《しぶちゃ》をすすりながら軽く手を上げた。

「外国人代表！　ピエールさん」

ピエールがキラって歯を光らせた。

「小学生代表！　荒木竜哉《あらきりゅうや》くん」

小鈴《こすず》の同級生の竜哉くんが、ぶっきらぼうに鼻を鳴らした。

「動物代表！　ハナ　くん」

ハナ一が、ちょこんと審査員席のテーブルの上に乗っかってた。

「なんか、知り合いばっかだよな。っていうか動物代表ってのの意味が分からんぞ」

鈴雄ははぁって溜《た》め息《いき》を吐き出した。

「一体どうしてこんなことに？」

隣《となり》の栗三郎《くりさぶろう》に尋《たず》ねてみる……と。

「駅前を歩いとったらな。声をかけられたんじゃや。審査員やんないかって」

「右に同じです」

ピエールが言った。

「右に同じ」

竜哉《りゅうや》が言った。

「…………」

十中八九声をかけたのは時田《ときた》さんだろう。

ハナ一《ハジメ》に関しては謎《なぞ》が残るとこだけど。

「偶然《ぐうぜん》ってあるんだな」

鈴雄《すずお》は小さくぼやいた。

「まさか女の子達も知り合いばっかってことはないだろ〜〜〜な」

「では、この日のために予選を勝ち抜いた女の子五名を紹介します」

並んで出てくる面々《めんめん》に、鈴雄は溜《た》め息《いき》を吐き出した。

見事に知り合いばっかだった。

「では、一人一人、作品を紹介してください。まずは……中空町《なかそらまち》第一小学校三年三組、桜《さくら》咲《ざき》小《こ》鈴《すず》さん」

「は〰〰〰い！」

ぴよこぴよこやって来た小鈴が、係員によって運ばれて来たワゴンの前に立った。

「いろいろと試してみたんですけど、ごくごくオーソドックスなゲジゲジチョコレートにしました」

よく高級レストランで見られるような金属の丸い蓋《ふた》を持ち上げた。

ちっともオーソドックスじゃないチョコが現れた。だいたいにして名前がちっともオーソドックスじゃない。

ほっとくと勝手《かつて》にどこかへ歩いて行っちゃいそうな形だ。

もちろん、審査員達にも試食として配られた。

なんてゆ〰〰〰か、すんごい独創的《どくそうてき》な味がした。

「それでは、審査員のみなさん。5点満点で評価を！」

鈴雄　3点
「形をもう少しなんとか」

栗三郎　1点
「口に入れるのが気持ち悪いんじゃい」

ピエール　2点

「デザインは嫌いじゃないんですけどね、味がちょっと酸《す》っぱすぎです」
竜哉　4点
「……悪くないぜ……」
ハナ一　1点
「…………」(顔をしかめてる)

「合計得点11点。思ったより点数が伸びません!」

「え〰〰、ど〰〰〰してよ〰〰〰」

なんて膨《ふく》れてる小鈴《こすず》をさっさと席へと押しやり、司会は続けた。

「それでは、続いて、峅根《ゆりね》沙由里《さゆり》さん!」

「おーっほっほっほっほっほ」

年期《ねんき》の入った高笑いを響かせて、沙由里が立ち上がった。運ばれて来たのはシーツを被《かぶ》ったものすごく大きな物体だ。

「ど〰〰ぞ。私のチョコを見て」

沙由里によってシーツがひっぺがされる。

そこから出てきたのは、チョコで作られた等身大の鈴雄像《すずおぞう》だ。

もっとも、その体はパンツ一つのムキムキマンになってたけど。

鈴雄　3点
「その……なんて言うか羞恥《しゅうち》プレイです。勘弁《かんべん》してください」
栗三郎　1点
「デザインが悪いんじゃ」
ピエール　5点
「最高ですお嬢様！」
竜哉　3点
「すげ〰〰、けど食いたくない」
ハナ一　1点
「…………………」（顔をしかめてる）

「合計得点13点。点数にばらつきはありましたがまあ平均点と言ったとこでしょ〜か」

審査結果に不満をぶーくさ言ってる沙由里の肩にガシって手がかけられる。

「終わったんだ。引っ込んでな」

沙由里を席に押しやると、朝香《あさか》がぐんぐん歩いてきた。

「それでは、続いては野菊《のぎく》朝香さんの作品です」

「へへ、見てびっくりするなよ」

朝香《あさか》は金属の蓋《ふた》を取っ払った。

全員、目が点になった。

そこにあったのは缶ビールだったからだ。

「あの、今日は手作りチョココンテストなんですけど」

「チョコだよ！」

朝香は自信満々に言い放った。

「中にチョコが詰まってんだよ」

また全員絶句《ぜっく》した。

「とりあえず試食を！」

鈴雄《すずお》達の前に一缶ずつ渡された。なるほど、確かに覗《のぞ》き込むと中にはチョコが詰まってる。溶《と》かしたチョコをビールの空缶に流し込んで固めたようだ。

「試食って言われても、これじゃ食べらんぞ」

鈴雄の提案で、一人に一つ、ペンチが手渡された。

鈴雄　2点
「インパクトはあるけど、とてつもなく食べにくいです」

栗三郎　1点
「ビールの缶に入れた理由が分からんぞ」
ピエール　3点
「おいしいですけど、皮をむくのが大変ですね」
竜哉　4点
「なんか工作してるみたいで楽しいぞ」
ハナ一　　5点
「…………」（顔をしかめながらも）

「15点！　やはり平均と言ったとこです！」

司会の声が響いた。

「鈴雄てっめえええええええええ！」

危《あや》うく暴力事件が起きそうだったけど、商店街の人達が朝香を押し止《とど》めてくれた。

「よくもまくくく、予選を突破したもんじゃな。個性勝負のコンテストなんかの？」

「本当に」

栗三郎《くりさぶろう》の言葉に、鈴雄も息を吐き出す。

「さ、気を取り直して次にいきましょう。続いては、栗之《くりの》花栗華《はなくりか》さん！」

ワンピース着た栗華《くりか》が、ゆっくりと壇《だん》の中央までやって来る。
ゆっくりとお辞儀《じぎ》すると、運ばれて来たワゴンの上の蓋《ふた》を取った。
審査員席から、そして観客席からもどよめきが起こった。
それは完璧《かんぺき》に作られたチョコレートケーキだった。
このコンテストで初めて、おいしそうって囁《ささや》き声が聞こえた。
「それでは、審査員のみな様に試食をしていただきましょう」

鈴雄　5点
「デザインといい味といい文句《もんく》ありません」
栗三郎　4点
「形も味も悪くないんじゃが、食《く》い飽《あ》きた」
ピエール　5点
「とろける舌触《したざわ》りです。鮮度のよさがうかがえます。これは港から直送ですね」
竜哉　5点
「うん、こいつはうまいな」
ハナ一　5点
「…………」（涙を流しながら喜んで食べている）

「おおおおおおおっと！　24点！　かなり高得点です!!!」

観客達も盛り上がった。

「それでは、最後です。梅木瑠璃《うめぎるり》さん」

「はい!!!!!」

気合い爆発で、瑠璃が立ち上がった。

確かに、確かに、栗華の24点は強敵だわ。だからって優勝を渡すわけにはいかないの！　だってコーチとの甘《あま》いひと時が待ってるんだから！

燃えていた。ボーボー燃えていた。

瑠璃は負けないわ！　絶対に負けない！　なぜなら………

もやもやもやもやもやもや

「もうコンテストに行かなきゃ間に合わないって言うのに」

瑠璃は目の前の皿に載《の》っかったデコレーションチョコを見た。

よく言えば独創的《どくそうてき》。悪く言えばぐっちゃぐちゃ。そんなチョコレートだ。

「ムリだわ。こんなのじゃ絶対に優勝なんかできない。コーチとの甘い甘いひと時が……」

がっくり来てる瑠璃《るり》だけど、待てよって思った。

冷蔵庫にタックルすると扉《ドア》を開ける。

「そうよ、これがあったのよ！」

取り出されるのは、パティシエも真《ま》っ青《さお》なデコレーションチョコ。そう、次郎《じろう》くんがバブバブ言いながら作った奴《やつ》だ。もったいないってことでまだ取ってあるのだ。

「これならきっと優勝できる！」

そう言う瑠璃の頭の中で、プチ天使《てんし》が囁《ささや》いた。

『ダメよ。瑠璃。それはあなたが作ったものじゃないでしょ？　ズルをしちゃダメなのよ』

だけど、プチ悪魔《あくま》も出てきた。

『いいじゃねえか。そんなの誰《だれ》も分かりゃしね〰〰よ』

「そ〰〰〰よ」

あっさりと、悪魔の言いなりになった。

「それに、チョコ溶《と》かしたりしたのは瑠璃だもん。次郎にはちょっと手伝ってもらっただけだもん」

ものすごく比率の大きいちょっとだけど、瑠璃は強引《ごういん》にそう思い込んだ。

瑠璃は箱にそのデコレーションチョコをつめた。

「ああ、着替えしないと」

瑠璃は台所を飛び出した。


「うふふふふふ。優勝した瑠璃はそのままコーチと甘《あま》い一夜を……うふふふふふ」

にたにた笑ってるところにワゴンが運ばれて来る。

「よっしゃ、見て驚きなさい。瑠璃のデラックスチョコを！」

えいやって蓋《ふた》を開けた。

観客席からどよめきが起こった。

審査員席からもどよめきが起こった。

「うふふふふふふふふふふ」

まずまずの反応に一人でさっさと悦《えつ》に入っちゃう瑠璃だったけど。

「すっげ〰〰、怪獣《かいじゆう》だ」

竜哉《りゆうや》の声に、眉間《みけん》にシワが走る。

「怪獣？　なんでデコレーションチョコが怪獣なのよ」

瑠璃はそこで初めて皿《さら》の上に視線を向けた。

そして、ざっと見積もっても１００メガトンくらいの衝撃《しようげき》を受けた。

竜哉が怪獣って言った理由が痛いくらい分かった。

なんてことない、皿に載っかってたのは怪獣だったからだ。そのまんまだ。

最初にうっかり作ってしまったあの怪獣《かいじゅう》だ。一人でノリツッコミしちゃってたあの怪獣だ。

「ど〰〰〰〰〰してぇぇぇぇぇぇぇぇぇぇ！！！」

頭抱《かか》えて瑠璃《るり》は絶叫《ぜっきょう》した。


そんな瑠璃を、客席から見つめる梅木《うめぎ》一家。

「見て見てあなた。瑠璃ったらもうガッツポーズなんかしてるわ」

「まったくだ。気が早いんだからな」

しっかりビデオ撮影してる梅木パパだ。

「しかしよかったな。間違いに気がついて」

「本当、箱を開けたら次郎《じろう》が作ったのが入ってたんだもの。きっと寝不足で間違っちゃったのね」

「こっそり入れ替えてあげるのが、親の愛って奴《やつ》だな」

「そうね」

「ばぶーばぶー」

もちろん、梅木パパも梅木ママも自分達がすごくいいことをしたと思い込んでいた。

質《たち》の悪いことに。

瑠璃は掘りおこされたばかりのハニワみたいになってた。

「これはこれは、なかなか独創的《どくそうてき》な……」

司会の人がプッて笑った。

観客席の人達もみんなして笑みを浮かべてた。

穴があったら入りたい！

瑠璃は思った。

できればその穴は地球の反対側につながってて欲しい。

とも思った。

とにかく、恥《は》ずかしく恥ずかしくて仕方なかった。

瑠璃はちらって審査員席を見た。

愛《いと》しのコーチも目をアーチ形にしてた。くっつけたらマクドナルドのマークになりそうだ。

「それでは、試食を」

「いやああああああああああああ！」

いたたまれなくなって、瑠璃は怪獣を摑《つか》むと走り出した。

「ちょっと君！」

「あ〜〜〜〜〜〜〜〜〜〜〜〜〜〜〜〜〜〜〜〜ん！」

泣き喚《わめ》きながら、瑠璃は走り去って行った。

「まいったなこりゃ」

司会はぽりぽり後頭部を掻《か》いた。

「チョコが誘拐《ゆうかい》されちゃ試食ができないじゃないか」

と、気がついた。

皿《さら》の上に載っかってる怪獣《かいじゅう》の尻尾《しっぽ》にだ。どうやら誘拐される時にポッキリ折れちゃったようだ。

司会は拳《こぶし》を握り締めた。

「よし、これで試食ができる」


「あ〰〰〰〰〰〰〰〰〰〰〰〰〰んあんあんあんあんあんあん」

泣きながら、瑠璃《るり》は近くの路地裏までやって来た。

しばらくめそめそしてたけど、それも収まる。

「きっと、栗華《くりか》の優勝で終わるんだろ〰〰な」

優勝トロフィーをもらってる栗華の姿が浮かんだ。

さらに、想像は暴走した。

場所はホテルの最上階のゴージャスレストラン。100万ドルの夜景が見渡せる窓際の席で、栗華が鈴雄《すずか》と一緒《いっしょ》にディナーをしてる。

『奇麗《きれい》な夜景ですね。鈴雄さん』

『本当だね。だけどどんな夜景も、栗華さんのドレス姿の前では色あせてしまうけどね』（キラリン）

「そんなの許せない！　許せないったら許せない！」

瑠璃はきっぱりと言い切った。

そして、気がついた。

足下にチョークが転《ころ》がってることに。

デコレーションチョコ作ってて怪我《けが》した指に絆創膏《ばんそうこう》が貼《は》ってあることに。

ちょっとした駐車場が目の前にあったことに。

「あとは粘土《ねんど》の怪獣さえあれば………」

残念ながら粘土の怪獣は見当たらなかった。

だけど、チョコレートの怪獣だったらあった。

しばらく考え込んでから、瑠璃はコクンって頷《うなず》いた。

「………案外《あんがい》うまくいっちゃうかも」

案外うまくいった。

6

「え〰〰〰、梅木瑠璃《うめぎるり》さんがいなくなっちゃったままですが、時間の関係もあるので試食の結果をお願いします」

司会の言葉で、鈴雄《すずお》達が得点札を持ち上げようとしたまさにその時だった。

「にゃ〰〰〰っはっはっはっはっはっはっはっは」

甲高《かんだか》い声が響き、そいつはやって来た。

ぬっと広場にやって来る怪獣《かいじゅう》だ。でっかくてごつごつしてて、色は茶色だ。

そして、怪獣の頭の上には、ドレス姿の金髪少女が乗っかってる。

間違いない。最近あちこちに出没《しゅつぼつ》して公共物を破壊してみんなに煙《けむ》たがれてる少女。エーデルワイスだ。

「このような下《くだ》らぬコンテスト、この妾《わらわ》が目茶苦茶《メチャクチャ》にしてやるぞよ。行け！　チョコゴン！」

『チョッコ〰〰〰〰ン』

気合いが入ってるんだか入ってないんだかよく分からない声を響かせて、チョコゴンが歩き出す。

「うわ〰〰〰〰〰」

「踏《ふ》み潰《つぶ》されるぞ〰〰〰〰」

「逃げろ〰〰〰〰〰」

チョコットコンテスト会場は、一瞬にして怪獣映画のロケ現場のようになってしまった。

「エーデルの奴《やつ》、どうしてこんなとこを襲うんだ？　それに、なんだか今日の粘土《ねんど》人形はいやに茶色いじゃないか」

怪獣チョコゴンが腕を振った。甘《あま》い香《かお》りが風に混じっている。

「この香りはチョコレート。あの怪獣はチョコレートの怪獣でできてるんだ。チョコレートの怪獣チョコレートの怪獣」

何かが心に引っかかる。

「は、そうか！！！」

瞳《ひとみ》が名探偵色に光った。

「エーデルもチョコットコンテストに出たかったのかも。でも遅刻《りこく》してムシャクシャしてこんな暴挙《ぼうきょ》に」

一人でバカ推理やってる鈴雄の袖《そで》んとこがぐいって引っ張られる。

「お兄ちゃん！」

小鈴《こすず》が、小声で叫んだ。

「何やってるの！　早く変身して戦ってよ。このままじゃ大変なことになっちゃうじゃない」

「え？　ああ、分かったよ。えっと……」

「ほら、あっちに公衆トイレがあるから！」

「よし、じゃ行って来る」

鈴雄《すずお》はてってこてってこ走り出した。

「頼んだからね。お兄ちゃん」

激励の視線を飛ばしてから、小鈴《こすず》はチョコゴンに視線を向けた。

「あ、あの怪獣《かいじゅう》ってチョコレートでできてるんだ」

小鈴もその事実に気がついた。

「つまり、今回は粘土で作った怪獣じゃなくって、チョコレートで作った怪獣を使ったってことよね。チョコレートで作った怪獣……は、まさか！」

小鈴の瞳も、名探偵色に光った。

「エーデルワイスもコンテスト出たかったのかも。でも遅刻《ちこく》しちゃってムシャクシャしてこんな暴挙《ぼうきよ》を」

バカバカ兄妹だった。


「おりゃ〰〰〰〰」

公衆トイレにダッシュしてた時だ。

入り口を目前にして、思わぬ人物と出くわした。

「朝香《あさか》！」

「す、鈴雄！」

二人は石像のように固まった。

最初に石化が解けたのは朝香だった。

「き、奇遇《きぐう》だな。こんなとこで会うなんて」

「はは、怪獣を見てびっくりしたら突然《とつぜん》おしっこが出たくなっちゃってさ」

「俺《おれ》もなんだ。ガラにもなくびびっちまってよ」

二人は笑った。

横っ腹でも痛いみたいなぎこちない笑みだった。

「鈴雄、お前、トイレ終わっても俺のこと待ってなくてもいいからな」

「そっちこそ、早くすんだからって僕のこと待ってなくてもいいぞ」

「何だよ、待ってられると困るような口振りじゃね〰〰〰か」

「そ〰〰〰ゆ〰〰〰〰朝香だって、何か都合《つごう》の悪いことでもあるのか？」

しばし見つめ合ってから、二人は同時に言った。

「そんなことないって」

一方その頃《ころ》……… …。

「いたたたた、痛いですってお嬢様」

路地裏に、耳を引っ張られてピエールが連れてこられた。

「痛いのは嫌いじゃないんですけど、ちょっとツボが違うんですよね、耳は。つねるんならできればもっと他《ほか》のところを」

「バカ言ってないで。早く変身するわよ!」

沙由里《さゆり》の言葉に、ピエールは目をパチクリさせた。

「ど〜〜してですか? ドッコイダーさんもネルロイドガールさんもまだ来てないってのに」

「バカね。今ならどさくさに紛《まぎ》れて目茶苦茶《メチャクチャ》にしてやれるじゃない」

「何をです?」

「コンテストの審査結果よ」

沙由里はきっぱりと言った。

「この私があんな結果で満足できるわけないでしょ。ここで目茶苦茶にして絶対に仕切りなおしにしてやるわ」

「しかし、仕切りなおしてもお嬢様が優勝できるかは。あひ〜〜〜〜」

強烈なムチの一撃に、ピエールが歓喜《かんき》のおたけびを上げた。

「もとはと言えばね、あんたが予選会場に忍《しの》び込んで裏工作した時に、栗華《くりか》みたいな強敵を合格にするからいけないのよ！　このこの」

「あひ〜〜〜〜〜！　せっかくだからコスモス荘のみなさんを合格にして差し上げようと、あひ〜〜〜あひ〜〜〜〜〜」

そこで、沙由里のムチが止まった。

「ま、確かに。私の作品に足りないところもあったわ。それは認めるわ。言い換えれば、そこさえ改善すればもう優勝は間違いないってことよ」

「参考までに聞くんですけど、何が足りなかったんですか？」

「もっこりよ！」

確信をこれでもかってくらい詰め込んで、沙由里は言った。

そこに迷いはなかった。

「あの作品には、少しオスの部分が足りなかったのよ！」

「なるほど。そう言われれば」

納得《なっとく》するピエールもピエールだ。

「とにかくさっさと変身なさい！」

ムチをピシピシやるけど、今日のピエールはなんだかちょっとノリが悪かった。

「ど〜〜〜〜したのよ。動物遺伝子が目覚めないじゃない」

「実は、お嬢様に溶《と》かしたチョコを垂らしていただいたあの感触《かんしょく》が強烈で……他《ほか》が色あせてしまったというか何というか」

「このお馬鹿《ばか》！」

ムチをピシって振ってから、沙由里《さゆり》は諦《あきら》めたように胸の谷間に手を突っ込んだ。

取り出したのは板チョコとライターだ。

板チョコをライターで溶《と》かした。熱いチョコレートがポタってピエールの背中に落っこちた。

一滴《てき》二滴三滴。

「あお〰〰〰〰〰〰〰〰〰〰ん！」

ピエールは無事に変態《へんたい》しましたとさ。めでたしめでたし。


「まったく、何を考えておるんじゃろ〰〰〰な。エーデルのバカは。こんなしょ〰〰〰〰〰もないとこに勝手《かって》に出くさって」

野次馬《やじうま》に紛《まぎ》れながら、栗三郎《くりさぶろう》がぼやいた。

「こんなとこを襲撃したところで何もならんじゃろうに」

「お祖父様《じいさま》」

気がつくと栗華《くりか》がすぐ隣《となり》に来ていた。

「出撃はなされないのですか？」

「止《や》めとけ止めとけ。ドッコイダーやネルロイドガールが来てるってならともかく、予告もなしの破壊活動じゃ。も〜〜しばらく様子を見とるんじゃ」

「出撃はなされないのですか？」

「じゃから、もう少し様子を」

「出撃はなされないのですか？」

いつにない栗華の気迫《きはく》に、栗三郎はたじたじった。

「お主《ぬし》、怒っておるのか？」

「私にそんなプログラムは……」

「チョコットコンテストが目茶苦茶《メチャクチャ》にされたのが気に入らんのか？」

「それは…………」

「ゴージャスディナーを一緒《いっしょ》に食べたい相手でもいたのか？」

栗華の顔が一気《いっき》に赤くなった。

「ふ〜〜〜〜む」

栗三郎は唸《うな》った。

「噂《うわさ》には聞いていたが、これが電子頭脳に自我《じが》プログラムが生まれるという状況なのかもな」

「出撃は！」

「分かった分かった。気は乗らんが出てやる出てやる」

やれやれとばかしに栗三郎《くりさぶろう》は言った。

「ただし、後で分析させてもらうぞ。その思考《しこう》をな。論文にして宇宙電子頭脳学会に提出するんじゃから」

ついでのおまけに、栗三郎は言った。

「それに、お前さん飯《メシ》が食えんじゃろ。ど〰〰するつもりなんじゃ？」

7

「行っけ〰〰〰！　チョコゴン！」

チョコゴンの頭の上で、瑠璃《るり》……じゃなくってエーデルが手にしてるバトンを握り締めた。

エルロード一族に伝わる魔法っぽいバトンだ。そのバトンには一族の出生と滅《ほろ》びの歴史に関するいろんな秘密が刻《きざ》まれてるんだけど、それはまた別の話だ。

『チョッコ〰〰〰〰〰ン！』

甘《あま》ったるい息を吐き出して、チョコゴンがさらなる一歩を踏み出そうとした時だ。

「おーっほっほっほっほっほっほ」

耳に痛い超音波っぽい高笑い。こんな立派《りっぱ》な高笑いができるのはあいつしかいない。

「ヒヤシンスか!!」

ヒヤシンスだった。

灰色で四《よ》つん這《ば》いの怪人《かいじん》の背中の上に立っていた。

「おーっほっほっほっほ。本邦初公開。怪人宇宙インドゾウ男よ」

『ぱお〜〜〜〜〜〜〜〜〜ん！』

宇宙インドゾウ男が吠《ほ》えた。宇宙なのかインドなのかよく分かんないけど、今日の怪人はとっても強そうだから侮《あなど》れないぞ。

ヒヤシンスとエーデルは、しばし睨《にら》み合った。

同じ犯罪人同士《どうし》と言えども、ここではいわばライバル関係だ。

まだドッコイダーやネルロイドガールが登場していないこんな時には、泥沼《どろぬま》のようなケンカを始めることだって少なくない。

「チョコゴン！」

チョコゴンに攻撃命令を出そうとするエーデルに、ヒヤシンスは言った。

「つまんないケンカはお預けよ。エーデル。私はちょっとヤボ用があるんだから」

「何？」

「ここを破壊するってね」

ヒヤシンスはびしってコンテスト会場を指さした。

エーデルは目をパチクリさせた。

なんでヒヤシンスがコンテスト会場を狙《ねら》ってるのか、その理由はさっぱり分からない。分かりようがない。

だけど、一つだけ言えることがある。

目的は同じ！

「奇遇《きぐう》じゃな。妾《わらわ》もここを破壊したいと思ってたところじゃ」

「ならしばらくは共同戦線を張るってことでいいかしら」

「分かったぞよ」

二人の視線は、チョコットコンテスト会場に向けられた。

ヒヤシンスがご自慢《じまん》の胸を揺《ゆ》らして叫んだ。

「行け！　宇宙インドゾウ男！」

『ぱお〰〰〰〰ん！』

宇宙インドゾウ男が鼻を振り上げ一声いななくと、ステージめがけて走り出した。

続けとばかしに、エーデルも叫ぶ。

「行くぞよ！　チョコゴン！」

『チョッコ〰〰〰〰ン！』

チョコゴンも甘《あま》ったるい声で一声鳴き、進撃を始める。

足は遅《おそ》いけど重量級の二匹の進撃だ。ステージなんて簡単にペシャンコにされちゃうだろう。

しかし、そんな二匹に立ちはだかる影があった。

「わーっはっはっはっはっはっはっは」

我らがドッコイダーだった。

珍しく、低い所からの登場だった。

地面に頭を突っ込ませてじたばたしてる自分の姿を、一昨日《おととい》のニュースの映像で見てしまったのだ。あまりに格好《かっこう》悪いその姿にへこんだのだ。

だから、これからは低い所から登場しようって決めたのだ。

登場する場所は低くても、ドッコイダーはいつも通りに決め台詞《ぜりふ》を口にした。

「甘いチョコは男のロマン。年に一度のドキドキデー。小さな下駄箱《げたばこ》期待を込めて、開けたらがっくりああ無情。株式会社オタンコナス製作、超特殊汎用《はんよう》パワードスーツ・ドッコイダー。甘い香《かお》りにただいま参《さん》じょ……」

ぐしゃ！

ドッコイダーはあっけなくチョコゴンに踏《ふ》み潰《つぶ》された。

主人公とは思えないくらいのあっけなさだ。

チョコゴンが通り過ぎた後には、足跡に埋《うず》もれるドッコイダーの姿があった。

シュタって降り立ったネルロイドガールが、同情するように言った。

「なあ、大丈夫か？」

ドッコイダーは何も言わなかった。

ダメージが大きすぎて喋《しゃべ》れなかったのだ。

だけど、震える手を持ち上げ、親指をたてた。全然ちっともこれっぽちもバッチグーじゃないけど、ライバルのネルロイドガールにちょっといいとこ見せたかったのだ。

「ま、ムリすんなよ」

ネルロイドガールが飛び立った。

「ちょっと、ドッコイダー！！！」

慌《あわ》てて飛んで来たタンポポが、最寄りの四次元あたりからスコップを引っ張り出した。

タンポポに掘り起こしてもらいながら、ドッコイダーは思った。

やっぱり、登場は高い所からにしよ。


「おっと、何が目的かは知らね〜〜〜が。ここまでだぜ」

飛行してやって来たネルロイドガールに、チョコゴンと怪人《かいじん》宇宙インドゾウ男はその進撃を止めた。

ドッコイダーと違って軽く踏み踏みしちゃえる相手じゃない、ってことはよっく分かってたからだ。

「チョコゴン！」

『ちょっこ〜〜〜〜〜〜〜〜〜〜ん！』

エーデルの命令で、チョコゴンがその腕を振り回した。

ドッコイダーならかろやかに跳《は》ね飛《と》ばされてしまうとこだけど、ネルロイドガールは違ってた。体を回転させてその一撃を避《よ》けると、ふりむきざまに強烈な一撃を食らわせる。

「ネルロイドバックスピンキイイイック！」

尻尾《しっぽ》がなくて安定の悪いチョコゴンが思い切りバランスを崩《くず》した。

「今だぁぁぁぁぁぁぁ！」

ネルロイドガールの体から紅《あか》いオーラがほとばしる。まるで真っ赤な彗星《すいせい》のようになってチョコゴンの腹めがけて突っ込む。

「風穴を開けてやるぅぅぅぅぅぅ！！！」

『パオ〰〰〰ン！』

宇宙インドゾウ男が吠《ほ》えた。伸ばした鼻の穴からさらに触手《しょくしゅ》が飛び出す。ものすごく宇宙生物っぽい攻撃だ。ぶっちゃけ気持ち悪いぞ。おまけにいやらしいぞ。

「くっ！」

不意をつかれ、ネルロイドガールの体に触手が絡《から》みつく。

「ネルロイドガールは私が引き受けるわ！　あんたは行きなさい！」

ヒヤシンスが叫んだ。

「いいのか？」

「共同戦線を張るって言ったでしょ」

ヒヤシンスが軽く笑った。

「お前という奴《やつ》は……」

友情の花が咲いた瞬間だった。

「なに、友情ドラマやってんだぁぁぁ！」

背中がむず痒《がゆ》くなるような話が苦手《にがて》なネルロイドガールが、鋭い手刀《しゅとう》で触手をぶち切った。

「ちっくしょ〜〜〜〜、鼻水だらけにしやがって！！！」

べっちょりした体に、ネルロイドガールの怒りが爆発した。

「おりゃあああああああ!!」

ネルロイドガールの猛攻が怪人《かいじん》宇宙インドゾウ男に炸裂《さくれつ》した。たくさんのいやらしい触手も太刀《たち》打《う》ちできないほどだ。

「エ、エーデル！」

助けを求めるヒヤシンスに、エーデルは言った。

「頼んだぞよ！」

「ちょっと、エーデルワイス！　エーデルちゃん！　ちょっとぉぉぉぉ」

友情の花が散った瞬間だった。

「妾《わらわ》にはしなければならぬことがある！」

エーデルは固い決意を胸に突き進んだ。

「何としてでも、コーチと、コーチとゴージャスロマンチックディナーに！」

ステージまではあと少しって時だった。

地面を割って一体のメカが飛来した。

巨大なアリンコの形をしたメカだった。

「すまんな。エーデル」

浮遊装置に乗ったマロンフラワーがエーデルワイスに言った。

「わしゃ別にお前さんが何しようとかまわんのじゃが、うちの戦闘兵器のホストコンピューターが我慢《がまん》できんそうでな」

ぎちぎちぎちぎちぎちぎちぎちぎち。

甘《あま》いもの好きそうな顎《あご》がぎちぎち鳴らされる。ちょっと恐いぞ。

思わずチョコゴンが一歩後退《あとずさ》る。

だけど、エーデルは負けなかった。

ぎゅってバトンを握り締めると、叫んだ。

「邪魔《じゃま》するものは誰《だれ》であろうとも容赦《ようしゃ》しないぞよ！」

複雑にも絡《から》みあった戦いの火蓋《ひぶた》が、切って落とされた。

一方その頃《ころ》、ドッコイダーは。

また地面に減《め》り込《こ》んでた。

さっき、思わずチョコゴンが一歩後退ったその一歩のとこに、たまたまいちゃったのだ。

不運としか言いようがなかった。

「ドッコイダー」

スコップ片手にやって来たタンポポが、呆《あき》れ声で言った。

「も〰〰、本当は規則違反なんだからね。アタシがこうやって手助けするのって。よいしょっと」

タンポポに掘り起こされながら、ドッコイダーは思った。

登場だけじゃなく、今度からは移動も高いところにしよ。

8

そして…………夕方。

「それでは、中断していたチョコットコンテストを再開したいと……思います」

ボロボロになった司会が、へろへろ声を吐き出した。

だけどそんなこと誰も気にしなかった。

観てる観客のみなさんだってボロボロのへろへろだ。おまけに言えば審査員だってボロボロのへろへろだった。

破壊された周りの建物が、戦いの激しさを窺《うかが》わせた。ステージがかろうじて残ったのが奇跡《きせき》的《てき》だろう。

「それでは、梅木瑠璃《うめぎるり》さんの作品の評価を」

「え？　だって試食が」

「しっぽが残ってたので、試食できました」

その言葉に、瑠璃は愕然《がくぜん》とした。

あんな怪獣《かいじゆう》チョコの評価を聞かなくちゃいけないなんて。恥《は》ずかしいったらありゃしない。

瑠璃は迷わず穴を探したけど、残念ながら近くに地球の裏側まで通じてそうな穴はなかった。

「それでは、みなさん得点の札を」

その瞬間、瑠璃は思わず目を閉じた。

きっとオール1なんだ。それでみんなから笑われるんだ。そーに違いないんだ。

だけど、笑い声は聞こえなかった。むしろ聞こえたのはどよめきだった。

「え？」

目を開いた瑠璃は、とんでもない光景を目にした。

ズバリ、5人の審査員がそろって5の得点札を上げているっていう光景だ。

「う……そ……」

愕然としてる中、一人一人のコメントが発表された。

「味もまあまあじゃったし、それに形がわしが昔見てた怪獣番組に出てくる怪獣にそっくりでな。懐《なつ》かしい思いをさせてもらったわい」

栗三郎《くりさぶろう》がふぉふぉふぉって笑った。

「いや〜〜〜〜〜、パンチがきいてましたね。僕もあんな格好《かっこう》に変態《へんたい》してみたいななんて思っちゃいました。おっと、今日は喋《しゃべ》りすぎですね」

壮絶《そうぜつ》にボロボロになってるピエールが、はっはっはと白い歯を見せた。何本か折れてた。

「すっげ〜〜〜強そうで格好よかったぜ。梅木。今度、男子何人かでダンボールで恐竜《きょうりゅう》作るんだ。手伝ってくれよ」

鼻の下こすって、竜哉《りゅうや》が言った。

「…………………」

無言ながら、ハナ一《ハジメ》も5番の札を持ち上げてた。

そして………。

「なんか、一番バレンタインのチョコって感じがしました。その、他《ほか》のはいけないって言うわけじゃなくって、何て言うか………一生懸命《けんめい》が伝わってくるって言うか……そんな感じでした」

「コ――――チ！」

瑠璃《るり》の瞳《ひとみ》に涙がこんもりと浮かび上がった。嬉《うれ》し泣きだ。感激の涙だ。

「おめでとう。第一回チョコットコンテスト優勝者は、満点の25点で、梅木《うめぎ》瑠璃さんです！」

割れんばかりの拍手《はくしゅ》が沸《わ》き起こる。

「ママ、すごいよ。瑠璃がやったよ」

「本当ね。パパ」

やっぱりボロボロになってたけど、梅木さん一家が観客席で泣きながらビデオを回してた。

嬉し泣きだ。感激の涙だ。

「あ〰〰〰〰〰〰んあんあんあんあ」

梅木ママの背中で次郎《じろう》くんが泣き出した。こっちは嬉し泣きじゃない。オムツが濡《ぬ》れて気持ち悪くて泣き出したのだ。

「それでは………優勝商品を」

瑠璃の手に、小さな封筒が手渡される。

開けると、チケットが入ってた。

「コーチと……ゴージャスディナー。ゴージャスディナー」

瑠璃はごくって唾《つば》を飲み干すと、てこてこと鈴雄《すずお》の前に行った。

そしてチケットを突き出した。

「コーチ！　一緒《いっしょ》に行こ！」

鈴雄はチケットを見ると、笑顔で頷《うなず》いた。

「いいよ」

瑠璃はまた泣いた。嬉し泣きだ。感激の涙だ。

こうして、第一回、チョコットコンテストは様々なハプニングがありながらも無事に終了した。


そして………。


「素敵《すてき》な夜景ですね。コーチ」

「素敵？　まあ、ママチャリ乗って頑張《がんば》ってる主婦のみな様は素敵って言えば素敵だけど。だけどまだ夕方だよ。夜景ってには少し早いよ」

「うわ、なんておいしそうなご馳走《ちそう》なのかしら」

「確かにおいしそうだね。ま、ご馳走って言えばご馳走か。紅《べに》しょうがかける？」

「瑠璃……感激です。こうやってコーチと一緒にこんな素敵なお店に………」

「早く食べた方がいいよ。つゆだくなんだからご飯がつゆ吸っちゃってふやけちゃうよ」

思い込みもそこまでが限度だった。

「ど〜〜〜〜〜〜〜〜〜〜〜〜〜〜〜〜して!!　ど〜〜〜〜〜〜〜〜〜して!!　ど〜〜〜〜〜〜〜〜〜して!!」

この世の全《すべ》ての不条理《ふじょうり》を込めて、瑠璃《るり》は叫んだ。

「賞品が牛丼屋《ぎゅうどんや》のタダ券なの!! ゴージャスディナーはどこ行っちゃったの!!」

「そりゃ〜〜〜〜ムリって話だぜ」

瑠璃の隣《となり》で牛丼ばりばりかっこみながら、朝香《あさか》が言う。

「あっちこっちぶっ壊されたんだ。修理費だって半端《はんぱ》じゃないだろ。ゴージャスディナー券は換金して修理費の足しにするわな」

「でもでも」

「瑠璃ちゃんおいしいよ牛丼。食べないの」

朝香の隣で小鈴《こすず》が言った。

小鈴の隣では、栗三郎《くりさぶろう》が牛丼屋のお姉ちゃんに交渉してた。

「おい、わしのもちっと肉を増やしてくれんかの」

「お祖父様《じいさま》。それはムリだと」

栗三郎を隣の栗華《くりか》がたしなめる。

「あ、私は何もいりませんから」

さらにその隣には、積まれた牛丼のどんぶりでバリケードができてた。言わずと知れた大食の女王、沙由里《さゆり》がいるのだ。

「たっぷり運動した後の牛丼はおいしいわね」

「はい、お嬢様」

「うううううう」

瑠璃は静かに奥歯を噛《か》み締めた。

思い描いてた甘《あま》い時《ひととき》とは、ざっと見積もっても１００億光年くらいかけ離れてた。

だけど、原因は自分にあるから文句《もんく》も言えない。最初に暴《あば》れ出しちゃったんは他《ほか》ならぬエーデルワイスだ。

「優勝するって分かってたら、優勝するって分かってたら、あんなことしなかったのに」

「何だよ。牛丼嫌いなのかよ。俺《おれ》が食ってやろうか？」

手を伸ばす朝香にうが〜〜〜って歯を剝《む》き出して威嚇《いかく》してから、瑠璃は叫んだ。

「食べるわよ！」

もうぜんと牛丼をかっこんだ。

全ての後悔《こうかい》を込めて牛丼をかっこんだ。

全ての悔《くや》しさを込めて牛丼をかっこんだ。

全てのやるせなさを込めて牛丼をかっこんだ。

そして米つぶ飛ばして叫んだ。

「チョコレート怪獣《かいじゅう》のばかぁぁぁぁぁ！」

市民感謝デーでドッコイ!

1

『マロンフラワーのメカに建設途中のビルが壊されちまった! ここまでやるのに半年もかかるってのにどうしてくれんだ!』

とある工事関係者の男性の証言。

『ヒヤシンスの怪人《かいじん》が飛び込んで来て、畑を荒らし回っていっちまった! 手塩にかけて育てた大根畑なのに!』

とある農業関係者の男性の証言。

『エーデルワイスの粘土《ねんど》人形がオレの新車をぺっちゃんこに! まだローンだって残ってるのに』

とある若者の証言。

『ネルロイドガールがうちの柿木《かきのき》を引っこ抜いてバットのように振り回しおった。先祖から大事にしとる柿木なのにのお』

　とある老人の証言。

『急いでるドッコイダーがうちの息子《むすこ》の三輪車に乗って行ってしまいました。子供が泣いてるので早く返してください！』

　とあるお母さんの証言。

『ばうばうばうばうばうばうばうばいあお～～～～～～ん！』

　とある犬の証言。


　何もない空間に走っていた空間投影型宇宙テレビが、パチンと音をたてて消えた。

「と、いった具合に、犯罪者らとドッコイダーやネルロイドガールに対する不満が高まっています」

　ぴっちりとしたスーツを着た女性が書類の束を手に補足《ほそく》した。

　彼女の名前はオギワラ。ＵＯＳにて働くれっきとした宇宙人だ。

　そう、ここは地球じゃない。宇宙の彼方《かなた》のそのまた向こうにあるＵＯＳ本部の会議室なのだ。

「もちろんこれらはあくまで一部にすぎません。実際には編集しきれないくらいの苦情が囁《ささや》かれてます。最近では、戦闘中の彼らに石や空缶、納豆《なっとう》等を投げつける地球人さえ出てきています」

会議室にいた宇宙人達ががやがやと騒ぎ出した。

「仕方がないんじゃないだろうか？　全《すべ》ては宇宙の平和のためだし」

「そうだそうだ。ＵＯＳに強力なＡＰ隊ができれば宇宙の恒久的《こうきゅうてき》平和が守られ、その結果地球の平和だって守られるじゃないか」

「いや、しかし真相《しんそう》を知らされていない現地人達にとっちゃ迷惑《めいわく》以外の何者でもないだろう。オレだって自分の町でいきなりあんな訳《わけ》分かんない連中が暴《あば》れてたらいやだぞ。腐《くさ》った豆くらいぶつけたくなるぞ」

「確か、倒壊した建物などの復旧資金はＵＯＳの特別編成予算の中から捻出《ねんしゅつ》しているはずだが」

「そうだそうだ。工事で雇用《こよう》も増えるから地球にとっちゃいいことじゃないのか？」

「だけど資金援助も全て裏《ウラ》からだからな。現地人達は何も気がついちゃおらんよ」

「いっそこの戦いの真意を伝えてしまうとか」

「どこかのグラウンドを指定して犯罪者達にはそこで戦うよう指示するとか」

「いっそもうジャンケンで勝負をつけさせるとか」

いろんな意見が、あ〰〰でもないこ〰〰〰でもないって囁《ささや》かれるなか、一人の男が立ち上がった。

手足や体つきは人間っぽいけど、顔はモグラだ。

だからって彼をモグラおじさんなんて呼んでバカにしちゃいけない。

彼こそが、彼こそがＵＯＳ公式採用パワードスーツ審査委員会委員長、モグモッグル・モグラート・モグモグー氏なのだ。

すっごい偉《えら》いわけじゃないけど、それなりには偉い。いわゆる中間管理職なのだ。

「より的確なデータをとるためにはこれまでのように戦いを続けてもらうしかない。それによって現地の建物に多少なりとも被害が出てしまうのは仕方のないことです。しかし現地の地球人の不満もよっく分かるところでもあります。そこで、私は考えました」

モグモッグルのその言葉に、宇宙人達はそろって黙った。黙ってモグモッグルを見つめた。

宇宙人の集まりなんだから、目がたくさんついてる奴《やつ》もいる。それらみんながモグモッグルを見つめるもんだから、モグモッグルはちょっとドキドキした。

「え〰〰コホン」

もったいぶって咳払《せきはら》いをしてから、モグモッグルは言った。

「市民感謝デーを作ります」

2

とある休日の中空《なかそら》公園。

ベンチで楽しげに会話するカップルがいた。

「それでね」

「本当？　あははは」

なんて楽しげに会話してる時だった。

何気なくベンチの隣《となり》に座って来た人物を見て、男は目をひんむいた。

「ド、ド、ド、ド、ド、ドドドドド」

風にびよんびよん揺れそうな個性的な髪型の白衣《はくい》の老人。ぎゅい〰〰〰んって伸びそうなゴーグルに、足下にはロケットの出来損《できそこ》ないのよ〰〰なメカ。

「ドクター・マロンフラワー！！！」

時を同じくして、女も目をひんむいた。反対側に座って来た人物にだ。

純白のドレスに、くりんくりんの金髪。その手に握り締められてるのは何だかとっても謎《なぞ》っぽい香《かお》りのするステッキだ。

「エ、エーデルワイス！」

さらに二人は驚いた。斜め前方からやって来るのはすっごい悪趣味なチョウチョマスクできわどすぎるくらいきわどいコスチュームの女性だ。『羊《ひつじ》たちの沈黙《ちんもく》』に出てきそうな拘束《こうそく》マスクをつけた半裸《はんら》の男にまたがって来てる。子供には見せちゃいけない光景だ。

言うまでもなく、ヒヤシンスとその下僕《しもべ》だ。

さらにさらに、しゅばって空気を震るわせて空からやって来るのはメカっぽくて色っぽい女性。ネルロイドガールだ。

こいつらが一同に会して何事も起こらないはずがない。

カップルの頭に、戦慄《せんりつ》の大災害が思い浮かんだ。

「ひえ〰〰〰〰〰〰〰！！！」

巻き込まれちゃ大変と、カップルはすっ飛んでいった。

「まったく……」

マロンフラワーがやれやれとばかしに吐き出した。

「何でわしらが奉仕活動なんぞやらねばならんのじゃい。わしゃ偉大なる悪の天才科学者、ドクター・マロンフラワー様じゃぞ」

「同意見よ。今日は牛丼《ぎゅうどん》大食い大会があるのに。これじゃ参加できないじゃない」

下僕の背中の上で、ヒヤシンスもぶーたれた。

「まったくぞよ。宿題だってたまっているというのに」

エーデルもぶすっとしてる。

「ま、仕方ね〰〰〰んじゃないか」

人差指で首のあたりを掻《か》きながら、ネルロイドガールが口を開いた。

「これも命令なんだからな」

「そ〰〰やそ〰〰や」

肩に乗っかったハナモモンチョもうんうんと頷《うなず》く。

「長いもんにはまかれろって言うやろ？　お互い雇《やと》われの身なんや。逆《さか》らうだけアホらしいで」

「まったく、銀河連邦警察は何だってこんな訳《わけ》の分からない命令をするんじゃい」

『それは、中空《なかそら》市民の溜飲《りゅういん》を下げることが目的かと思われます』

ちょっとした合成音っぽい声で、汎用《はんよう》メカクリーカ0C5型が音声を出した。

『最近の度重《たびかさ》なる衝突《しょうとつ》の結果、中空町建造物に多大なる被害が出ています。もちろんその修理費用などはUOSから極秘に供与《きょうよ》されているのですが、そのことを地球人は認知しておりません。地球人、この中空町の住人達にとって我々はたまに現れては町を破壊する困った奴《やつ》らという存在です。つまり』

「分かったからそれ以上言うな」

マロンフラワーに制されて、クリーカ0C5型が黙った。

「とにかく、今日一日言われたように町の連中の手伝いをしてりゃいいんだろ？　ま、これも給料のうちだと思ってがんばろーぜ」

ネルロイドガールの言葉に、一同不承不承《ふしょうぶしょう》ながら頷《うなず》いた。

「しかし……残念じゃな」

マロンフラワーの口元が少しだけ歪《ゆが》んだ。悪者の笑みだ。

「宿敵ネルロイドガールを目の前にして何もできんとゆ〜〜のはな」

「本当よね。絶好の機会だってのに」

ヒヤシンスがぴしっとムチを鳴らす。

「いっそここでうち倒してしまうというのも悪くないぞよ」

いつのまにかエーデルの手には一握りの粘土《ねんど》が握り締められていた。

「何だよ。やろうってなら相手になるぜ」

構えるネルロイドガール。だけど声が飛んだ。

『マスター。本日の衝突《しょうとつ》は固く禁じられております』

「そうやそうや、戦うことまかりならんってちゃんとFAXに書いてあったやろ！」

「…………冗談《じょうだん》じゃやよ」

心の底から不満そうに、マロンフラワーは浮かしかけた腰を下ろした。

『指定された時間です』

クリーカ0C5型が電光掲示板みたいな板を出して時刻を表示した時だった。

何の前触《まえぶ》れもなく、宇宙から何かが飛んで来た。

ズガンって地面に減《め》り込《こ》んだそれは、ゴルフボール大の金属の玉だった。

みんなが覗《のぞ》き込む中、玉から光がほとばしり空中に映像が投影された。立体映像という奴《やつ》だ。

『どうも』

ぴちってしたスーツを着た女性がぺこっと頭を下げた。

『私、オギワラと申します。本日の、市民感謝デーの活動について説明にまいりました』

「モグラのおっちゃんはどうしたんだ？」

『委員長は子供の運動会のため本日は休まれています』

オギワラは溜《た》め息《いき》一つついた。

『私だって、休日にはいろいろやることがあるのに』

だけどすぐにしゃきっとした顔に戻る。さすがはオギワラさんだ。こうじゃなくっちゃ宇宙警察っていう男の職場じゃ働けないのだ。

『それではご説明を……あれ？』

ぐるっと集まった面々《めんめん》を見渡したオギワラは小首を傾《かし》げた。

『ドッコイダーとサポート役のタンポポさんの姿が見えないようですが』

「ま、遅刻《ちこく》って奴《やつ》さ。よくあることだぜ」

フンってネルロイドガールが鼻を鳴らした。

「大方《おおかた》寝坊でもしてんだろ。そのうちママチャリにでも乗ってすっ飛んでくるさ。かまわねぇからさっさと始めてくれよ」

『分かりました』

オギワラは頷《うなず》くと、書類の束をめくった。

『それでは、本日みな様にやっていただく奉仕活動をご説明いたします』

その頃《ころ》、我らがドッコイダーは。

「ちっこくどうわぁ〜〜〜〜〜〜〜〜〜〜〜〜〜！！！」

すっごい勢いでママチャリを漕《こ》いでた。

「も〜〜〜〜〜、昨日《きのう》夜遅《おそ》くまでゲームしてるからよ」

隣《となり》を飛ぶタンポポが言う。

「うるさい。お前だって起きれなかったじゃないか」

「えへへへ、アタシも由子《よしこ》ちゃんに借りたマンガ読んでたから寝坊しちゃった」

「とにかくだ、遅刻なんかしたらまたネルロイドガールにバカにされる。急ぐぞ」

「うん」

頷き前方に顔を向けたタンポポは真っ赤に光る赤信号に気がついた。

「おっと、危ない危ない」

きき〜〜〜〜〜って空中で制止するタンポポだったけど、ドッコイダーは止まらなかった。

元気よく交差《こうさ》点《てん》に突っ込んでいく。

しかも、向こうから暴走トラックだ。

「ドッコイダー！！！！！」

どがしゃ〜〜〜〜〜〜〜〜〜〜〜〜ん!!

景気よくママチャリと一緒《いっしょ》にドッコイダーは跳《は》ね飛ばされた。

「あ〰〰〰〰〰〰〰」

ひゅるひゅるひゅるひゅる回転して、落っこちた。ズボって頭を地面に突っ込ませる。

「ドッコイダー!!」

タンポポに引っ張られてなんとか頭を引っこ抜いた。

そこは目的地の公園だった。

ドッコイダーはもっともらしく頷《うなず》いた。

「私の綿密《めんみつ》なる計算通りだ」

「大嘘《おおうそ》つき！」

最寄りの四次元から引っ張り出した宇宙ハリセンでドッコイダーをぶっ叩《たた》いてから、タンポポはそこに立つ立体映像に気がついた。

「あ、オギワラさん！」

度重《たびかさ》なる審査に立ち会って来たタンポポだから、オギワラと面識《めんしき》があるのだ。

『ドッコイダーの活躍については毎回報告を受けていましたが』

オギワラは、微妙な表情で呟《つぶや》いた。

『さすがですね』

「いや〰〰それほどでも。なーっはっはっは」

「ほめられてないって！」

タンポポのハリセン突っ込みで、ドッコイダーはまた地面に倒れた。

「それで、ネルロイドガールは？　マロンフラワーは？　ヒヤシンスは？　エーデルワイスは？」

きょろきょろと辺《あた》りを見渡すタンポポに、オギワラが告げた。

『ネルロイドガールとマロンフラワーは、建築現場へ手伝いに向かいました。ヒヤシンスは中《なか》空《そら》動物園へ動物引っ越しのお手伝いに。エーデルワイスは中空デパートの最上階に。ハナモモンチョさんにもお仕事していただいてます』

「な～～～～～～んだ。結局アタシ達遅《ち》刻《こく》しちゃってたんだ」

『早速《さっそく》ですが、タンポポさんも中空デパート最上階に向かってください』

「え？　ドッコイダーと一緒じゃないの」

『違います。ドッコイダーの仕事は別にあります。タンポポさんはエーデルワイスとの共同作業になります』

「分かった。行くよ」

まだ地面とお友達になってるドッコイダーに、タンポポは声をかけた。

「それじゃ、行って来るからね。ドッコイダーもがんばってね。ちゃんと市民のみなさんのためにがんばるんだよ」

ポンポンってドッコイダーの肩を叩《たた》くと、タンポポはしゅばって飛び立った。

『それでは、ドッコイダーのお仕事ですが』

「何でも言ってくれたまえ！」

ドッコイダーは復活した。しかもかなりパワーアップしてだ。

その肩には、『市民のために働きます』って書かれた〃たすき〃がかけられてた。鉢巻《はちまき》の文字は、『町を愛するヒーロー』だ。

「悪者怪獣退治《かいじゆうたいじ》から爆弾処理、国際的ギャングの撲滅《ぼくめつ》まで何でもやるぞ！」

は――っはっはっはっはっはって笑ってるドッコイダーに、オギワラは告げた。

「市役所前の草むしりをお願いします」

ドッコイダーはぱたんと倒れた。ちょっとした精神的ダメージを食らったのだ。

「草むしり？　もっと他《ほか》にないのか？　こうヒーローっぽい仕事が」

『一応、今回の仕事は住民にアンケートをとった上で決めていますから。え〰〰〰と、他にドッコイダーに頼みたい仕事ってのは……中空川《なかそらがわ》ぞいの空缶拾いとか』

「違う！　何ていうかもっとこう悪と戦うというか、苦しんでいる人を救うというか」

『注文がうるさいんですね』

ぺらぺらと書類をめくってから、オギワラは頷《うなず》いた。

『あ、あります。悪と戦い苦しんでいる人を助ける仕事』

「それだ！」

ドッコイダーはパチリと指を鳴らした。

『ちょっとした肉体労働ですが』

「任せてくれたまえ！　正義のヒーローは頑丈《がんじょう》なのだ！」

『それではこの仕事をお願いします』

ノリノリでポーズを決めてるドッコイダーに、オギワラは告げた。

『駅前の悪質放置自転車の撤去《てっきょ》』

ドッコイダーはぱたっと倒れた。

『草むしりと空缶拾いもやっておいてくださいね。それでは失礼します』

しぴゅんって、立体映像は消えた。

これからはもう少し力強いところをアピールしながら戦った方がいいかもしれん。

ドッコイダーは思った。

3

中空町の建築現場。ちょっとした大手のスーパーを建築してるのだ。

そこに、マロンフラワーとネルロイドガールの二人はいた。

「お～～～～い、違う違うそれじゃないぞ」

浮遊ポットに乗っかったマロンフラワーが、設計図片手に喚《わめ》いた。

ちなみに、頭に鉢巻《はちまき》、さらにニッカボッカでヘルメットって感じに、すっかりガテン系になってた。

「何だよ。これじゃないのかよ」

でっかな鉄骨を肩に乗っけて飛んでるネルロイドガールが言う。

「どれも一緒《いっしょ》だろ？　くっつけときゃいいだろ」

「バカを言いなさんな。こ〰〰いったもんは基礎の骨組みってのが大事なんじゃや。いいから鉄骨を取り替えて来いっての。ほら、そこに積んである奴《やつ》じゃい」

「ま、専門家に任せるよ」

不承不承《ふしようぶしよう》ながらネルロイドは鉄骨を取り替えて来る。

「よっし、それじゃさっさとくっつけてしまうかの。やり方はさっき教えた通りじゃや」

「わ〰〰〰〰〰ってるって」

天才マロンフラワーの的確な指示と技術、そしてネルロイドガールの機敏さと怪力《かいりき》。

どんどん進んでいく工事を、関係者達は下から見上げてた。

『ど〰〰〰〰〰ぞ』

そんな彼らに、クリーカ0Ｃ5型が献身的《けんしんてき》に走り回ってお茶を振る舞ってた。お茶だっておいしくいれられる汎用《はんよう》メカなのだ。

「すげ〰〰よなあの二人」

「ああ、すげ〰〰〰〰」

もはや感嘆《かんたん》の声しか出てこない。

「う〰〰む」

お茶をずずってすすった現場監督が、心の底から呟《つぶや》いた。

「あの二人、これからずっといてくんねえかな」


所変わってこちらはヒヤシンスとその下僕《しもべ》。

二人は、中空《なかそら》動物園にいた。

中空動物園では数年に一度のリニューアルが行われてた。

動物達の檻《おり》を交換するのだ。

だけど、そこは気紛《きまぐ》れな動物達。檻から檻へ移動させるだけでもそりゃあ大変な手間《てま》がかかるのだ。

ただし、今日は少し様子が違ってた。

「は〰〰〰い、ちゃんとついて来るのよ。はい！　そこ！　列からはみ出ないの！」

下僕に乗って進むヒヤシンスの後ろを、トラの行列が大人《おとな》しくくっついてた。

「まったくも〰〰〰、そりゃ確かに私は動物の扱いには慣れてるけど、だからってど〰〰〰

してこんなことしなくちゃなんないのよ。もっと私にピッタリの仕事があるのに」

「仕方ないですよ」

四《よ》つん這《ば》いで歩きながら、下僕《しもべ》がもごもごと口を開いた。

「いくらピッタリだからって、SMクラブの女王様なんてやらせるわけにはいかないでしょ。PTAがうるさいですからね。はっはっは。ん？　何か焦《こ》げ臭《くさ》いよ～な」

ヒヤシンスが、火のついたロウソクを下僕の髪の毛に押しつけてた。

「お、お嬢様。何するんですか！　燃えてますってば」

「あんたが馬鹿《ばか》なこと言うからよ。私にぴったりの仕事ってのはそんなんじゃなくて、もっとこう優雅《ゆうが》でエレガントな……そうね、ファッションショーのモデルだとか……」

ヒヤシンスがちょっとうっとりしてる時だった。

「ガウガウガウガウガウ」

すぐ後ろを歩いてたトラが鳴いた。

「え？　トラ吉が遅《おく》れてるって。しょ〰〰〰がないわね〰〰〰」

下僕から下りると、ヒヤシンスは一匹だけ遅れてるトラに近寄った。

「ちょっと、トラ吉。きびきび歩きなさいよ。ど〰〰〰〰したのよ」

「ガウガウガウガウガウ」

「え？　足にトゲがささったたって？　見せてみなさいよ」

トラがひょいっと足を上げる。その肉球に刺さってたトゲをヒヤシンスヌはピンって引っこ抜いた。

「ほら、これでいいでしょ。遅れずついて来んのよ」

「ウガウガウガ」

ヒヤシンスの動物キャラバンは復活した。

「す、すげええ。動物と会話してる！」

「まるでドリトル先生だ」

動物園の職員達が舌《した》を巻いて見つめてた。

「う〰〰む」

園長さんが呟《つぶや》いた。

「うちの動物園にぜひとも欲しい逸材《いつざい》だ」

所変わってこちらは中空《なかそら》デパートの最上階の多目的ホール。

タンポポとエーデルワイスがスタンバってた。

ただ、二人とも浮かない顔つきだ。やって来たはいいものの何をしていいのかまだ判然《はんぜん》としてないのだ。

「アタシ達、何すればいいのかな？　エーデル」

「妾《わらわ》だって知らぬわ」

フンってエーデルワイスは鼻を鳴らした。

「呼ばれたら来いと言われておるからの。その通りにするしかなかろう」

「うん、そうだよね」

タンポポがこっくりと頷《うなず》いた時だ。係の人が顔を出した。

「それじゃ、エーデルちゃん、タンポポちゃん、こっちに来て」

「エーデルちゃんだと？　この妾に向かってエーデルちゃん」

「まあまあ、今日は市民感謝デーなんだから細《こま》かいところは気にしちゃダメだよ」

まあまあとタンポポがなだめた。

なだめながら思った。

なんか、アタシいっつもこんなことしてるような気がする。おかしいな？　エーデルとこ〰〰

やって話すのって初めてのはずなのに。

ちょっと考えてからタンポポは頷いた。

「きっとデジャブって奴《やつ》だね」

細かいことはちっとも気にしないお子様なのだ。

別名、バカとも言う。

「さ、行こ」

「うむ」

二人は、せまい通路を通って呼ばれた方向に足を向けた。

最初にやって来たのは強いライトの洗礼《せんれい》だった。

さらに聞こえてくるのはうぉ〜〜〜〜〜〜って油っこい歓声《かんせい》だ。

徐々《じょじょ》に光に慣れてきた目で、二人は辺《あた》りを確認した。

そこはちっちゃな特設ステージで、大きいお友達がたくさん集まってた。

タンポポの絵とかエーデルワイスとかの顔がプリントされたTシャツを着込んでた。しかもなんか伸びてた。むわっと熱気がすごいし。

「今日はみな様のために、タンポポちゃんとエーデルちゃんが来てくれました。はい、拍手《はくしゅ》」

すっごい拍手が沸《わ》き起こった。

「タンポポちゃ〜〜〜〜〜〜〜ん！」

「エーデルちゃ〜〜〜〜〜〜〜ん！」

なんて歓声が上がっちゃったりもする。

実は、けっこう大きなお友達をメロメロさせちゃってる二人なのだ。

「え〜〜〜〜、それではまずは質問タ〜イム！　何か二人に尋《たず》ねたいことは？」

司会の声に、シュバババババって手が上げられる。

「タンポポちゃんはいっつもドッコイダーといるけど、どういう関係なのかな？」

「もしかしてドッコイダーってタンポポちゃんのお兄さんとかなのかな？」

「そしたら、いつもドッコイダーを呼ぶようにお兄ちゃんって言ってくれないかな？　待ってね、今テープレコーダーの録音スイッチを押すから」

「エーデルちゃんは戦ってる時たまにパンツがチラっと見えちゃうけど、色にはこだわりがあるのかな？」

「エーデルちゃんって独《ひと》りっ子《こ》なのかな？　それとも兄弟っているのかな」

「できればお兄ちゃんって言ってくれないかな？　待っててね、今テープレコーダーの録音スイッチを押すから」

タンポポとエーデルワイスは啞然《あぜん》としてた。

先に爆発したのはエーデルワイスだった。

「ふざけるな！　どうして妾《わらわ》がこんな奴《やつ》らの前でお兄ちゃんなどと言わねばならんのだ！」

「仕方ないよ。市民感謝デーなんだから」

「うううううう」

エーデルワイスは、ナマコを頭に乗っけられたような表情を浮かべた。

それから、観念《かんねん》したようにマイクを握り締めた。

「お兄ちゃん」

「うおおおおお！」

会場のボルテージが上がった。

タンポポもそれに続いた。さらにさらに会場のボルテージが上がった。熱気と湿度がかなり上昇した。

デパートの店長が拳《こぶし》を握り締めた。

「毎週やってくれないかな？　これ」


そして、我らがドッコイダーは。

「ドッコイ放置自転車対策！」

ドッコイダーはすごい勢いで放置自転車をトラックに乗っけた。

駐輪《ちゅうりん》禁止って看板もあっちこっちに立てた。

「ドッコイ草むしり！」

すごい勢いで市役所前の草むしりをした。できた穴ぼこをキレイにならすことも忘れなかった。

「ドッコイごみ拾い！」

すごい勢いで中空川《なかそらがわ》のゴミを拾った。

ちゃんとゴミの分別だってした。

「はーはーはー、こんなもんか」

全速力で仕事を終えたドッコイダーは、公園に戻った。

「次の仕事は？」

しゅばって音がしてオギワラの姿が空間に投影される。

『え、もう終わっちゃったんですか？』

「ああ、ばっちりだ」

ドッコイダーは親指を立ててバッチグーのポーズを決めた。もちろん角度は右斜め45度だ。

正義の味方はポーズの研究だってしなくちゃならないのだ。

『えっと〰〰、他《ほか》にドッコイダーに来て欲しいっていう仕事は…………』

ぺらぺらと書類をめくってから、オギワラはにっこり笑った。

『あ、以上ですね』

ドッコイダーは右斜め45度のまま地面にばったりと倒れ込んだ。

『ちゃんと市民アンケート取ったんですよ。誰《だれ》に助《すけ》っ人《と》に来て欲しいかって。一番希望が多かったのはマロンフラワーとネルロイドガールだったんですけどね。やっぱり建築系や力仕事の需要が多くて……』

ふと気がつくと、ドッコイダーはいなくなってた。遠くの方にブルーの背中があった。

すっごいナミナミのおどろ線かぶって、公園のすみっこでアリの巣《す》をほじくってた。

「ありさんありさんどこ行くの」

なんてことない。いじけてるのだ。

『まあ、気持ちは分かりますけど。そういうことなので。ああ、ヒマでしたらマロンフラワーさんとネルロイドガールさんの働いてる建築現場へお手伝いに。さしさわりのない仕事でしたらやらせてもらえないこともないいんじゃないかなって』

なんて慰《なぐさ》めてるようで全然全くこれっぽっちも慰めてないオギワラの手から、書類がばさって落っこちた。

『あらいけない』

あせあせと書類をかき集めるオギワラの手が止まった。

『あ、ありました！　ドッコイダーへの仕事依頼』

「何だと！」

ドッコイダーがすっ飛んで来た。普段《ふだん》からは想像できないくらい俊敏《しゅんびん》な動きだ。

『見落としちゃってたんですね。えっと、場所は病院です。入院してる女の子からです。えっと、お見舞いに来て欲しいって』

「お、お見舞い…………」

正義のヒーローの仕事が…………お見舞い……。

ちょっとばかしへこんだドッコイダーだったけど、ぶるるって首を振った。

「いや、子供に夢を与えてこそ本当のヒーローなのだ。そこに私を必要としている人がいるならばどこにだって行こうじゃないか」

正義のヒーロー的ものの考え方で、ドッコイダーは頷《うなず》いた。

「よし、行こう。その病院は？」

『中空《なかぞら》中央病院の125号室です』

「了解《りょうかい》した！」

こっくり頷くと、ドッコイダーはすっ飛んで行った。

『やれやれ、これでつつがなく終わりそうですね。市民感謝デーも』

オギワラはふうって一息ついた。だけどちょっと浮かない顔つきをする。

『でも、何かちょっといやな予感がするんですよね』

オギワラは超知覚を持っていたことで有名なノストラーダ星の出身だ。今でこそその力は退《たい》化《か》してしまっているが、先祖はとてつもない予知能力を保有していたらしい。

その名残りか、ごくごくたま〜〜〜〜にふっと第六感ってのがざわめくことがあるのだ。

あるのだけれど……。

『ま、気のせいよね』

オギワラは軽く笑った。退化した能力なんてちっともあてにならないものだ。

『あ、宇宙ルノアールからケーキとコーヒー出前で取っちゃお。休日出勤してるからそれぐらいいいわね』

4

目の前をすごい勢いで通りすぎて行ったドッコイダーに、病院の受付のお姉さんはびっくりした。

「え？　あの」

通りすぎたドッコイダーは後ろ向きで戻って来ると、その円《つぶ》らな瞳《ひとみ》をお姉さんに向けた。

「お見舞いに来た」

「はあ」

お姉さんは上《うわ》の空で頷《うなず》いた。

「それでは失礼する」

「はあ」

ドッコイダーはまた突っ走って行った。

「あの、廊下は走らないように」

それだけ言うのがやっとだった。

途中、子供に捕まってヒーローポーズをとらされたりとハプニングはあったものの、ドッコイダーは何とか125号室に到着した。

「ここだな」

元気よく病室に飛び込もうとしたドッコイダーの耳に、その声が飛び込んで来た。

『ママ。見て。桜《サクラ》の花があんなにキレイだよ』

『本当ね』

『あ〜〜あ、残念だな。来年の桜は見れないなんて』

『え？』

『来年の春には、アタシは遠くへ行っちゃってるんでしょ』

『典子《のりこ》ちゃん』

『隠《かく》さなくたっていいの。アタシ聞いちゃったんだ。パパとママが話してるの』

『……そう、聞いてたのね』

『きっと神様が決めた運命なんだよ。仕方ないよ。だけど…』

『だけど？』

『ドッコイダーを応援できなくなるのが、寂《さび》しいな』

「な、なんてことだ！」

ドッコイダーはよろめいた。

不治《ふじ》の病《やまい》に苦しむ少女。

余命《よめい》いくばくというのを知りながら、健気《けなげ》に生きるその少女の心の支えは、たった一人の正義のヒーローだった。

そんなナレーションが頭の中に響いた。

だば〰〰〰〰〰〰。

ドッコイダーの両目から滝《たき》のように涙が流れ落ちた。鼻はないけど鼻水だって出た。にじみ出た。

超高性能のパワードスーツだから涙も鼻水も流せるのだ（どんな役に立つか分からないけど）。

「い、いかん！」

ドッコイダーは涙と鼻水をぐいっと拭《ぬぐ》った。

「私が泣いてどうするのだ。明るく盛り上げてやらねば」

泣かないぞって決意を固めて、ドッコイダーは病室に飛び込んだ。

「株式会社オタンコナス製作、超特殊汎用《はんよう》パワードスーツ・ドッコイダー！　出張お見舞いただいま参上《さんじょう》！」

突然《とつぜん》のドッコイダーの訪問に、少女はものすごく喜んだ。

「わ！　ドッコイダーだ！」

「やあ、お見舞いに来たぞ」

涙を必死になってこらえながら、ドッコイダーは言った。

「まずは私のつたない芸をお見せしよう」

ドッコイダーはどっかから番傘《ばんがさ》を引っ張り出した。おまけに急須《きゅうす》も一緒《いっしょ》だ。

「ドッコイ傘回し！」

ドッコイダーは傘の上で急須を回し始めた。

こ〜〜ゆ〜〜下《くだ》らない機能がてんこもりのパワードスーツなのだ。

「ほらほら、いつもより余計《よけい》に回しちゃうぞ」

花瓶《かびん》から溲瓶《しびん》まで、そこらにあるものを全部回してからドッコイダーは荒く息をした。

見かけによらずエネルギーを使ってしまう技なのだ。

「さ、他《ほか》にも何かやって欲しいことがあったら何でも言ってくれたまえ」

「え〜〜とね〜〜」

女の子は少しだけ考えてから、もじもじっとして呟《つぶや》いた。

「ドッコイダーに、勝って欲しいな」

「え？」

「いっつもドッコイダーやられちゃってるでしょ。マロンフラワーとかエーデルワイスとかヒヤシンスに。だから、勝って欲しいの。そしたらみんなもドッコイダーのこと見直すと思うから」

だば〰〰〰〰〰〰〰〰〰〰〰〰!!

ドッコイダーの両目からまた滝《たき》が流れた。

「典子《のりこ》ちゃん!」

ドッコイダーは女の子の手をぎゅっと握った。実は間違ってお母さんの手を握っちゃってたんだけど、そんなことにも気がつかなかった。

「約束しよう。絶対に私は勝ってみせる!」

「本当?」

「ああ、本当だ」

ドッコイダーは立ち上がった。すぐ近くのティッシュで鼻をビームってかむと、元気よく拳《こぶし》を握り締めた。

「待っていてくれたまえ!」

そう言うと、ドッコイダーは病室を飛び出して猛然《もうぜん》と突っ走った。

流れる涙と鼻水が、たなびいた。

鼻水がくっついちゃった看護婦さんが、ものすごくいやな顔をした。

5

「し、信じられん」

現場監督が呟《つぶや》いた。

「こんなことが起こるなんて、俺《おれ》は夢を見ているのか？」

「いいえ、夢じゃありません」

工事関係者が頷《うなず》いた。

「目の前のこれは……現実です」

ビルが一つ出来上がってた。

マロンフラワーとネルロイドガールの共同作業によって、あらゆる物理法則を無視して半日で建ってしまったビルだ。

「ふ〰〰、子供の工作をしておるようじゃったが、なかなか楽しかったわい」

出来上がったビルを背中に、クリーカ0C5型に入れてもらった茶をすするマロンフラワー。

「なかなかじゃね〰か」

少し離れたところで、ネルロイドガールが缶ビールをぐびぐびやってた。

「さ〰〰てと、仕事も終わったし、さっさと帰るとすっか」

「そ〰〰じゃな」

二人が帰ろうとしたまさにその時だった。

「心の支えは正義の味方。ならば勝たなきゃ意味がない。少女の願いを叶《かな》えるために、反則承《しょう》知《ち》でやって来た!! 株式会社オタンコナス製作、超特殊汎用《はんよう》パワードスーツ・ドッコイダー！ 男の涙でただ今参上《さんじょう》！」

出来上がったビルの頂上に立つ人物がいた。

ドッコイダーだ。

「とあ！」

ドッコイダーは勢いよくビルから飛び降りた。そしていつものように地面に頭から突っ込んだ。だけど今日のドッコイダーはいつもとは違ってた。いつもだったら五分くらいもがもがやってるんだけど、今日はすぐに自力でずぼっと頭を引っこ抜く。

「勝負だ！　マロンフラワー」

「おい、何言ってんだよ。今日は市民感謝デーなんだぜ。戦っちゃダメだって言われただろ？ おい！」

ネルロイドガールが声を飛ばすけど、ドッコイダーは聞いちゃいなかった。

その瞳《ひとみ》は、しっかりとマロンフラワーを見据《みす》えていた。

「くっくっくっくっくっくっく」

マロンフラワーが静かに笑いを響かせた。

「やはりこうでなくては面白くないわい」

「おい、マロンフラワーのじいさんまで」

「こんなこともあろうかと準備はしておったんじゃ！」

マロンフラワーがパチって指を鳴らした。

ビル建築に使われてたショベルカーとかクレーン車ががちゃがちゃ音をたてて合体した。

最後に、クリーカ0C5型がその頭部にドッキングすれば、カミキリ虫形の戦闘メカのいっちょ上がりだった。

「カミキリーザ見参《けんざん》じゃい。行くぞ。ドッコイダー」

「望むところだ」

「だ〜〜〜〜、だから止《や》めろって。後でど〜〜〜〜なったって」

両者を止《と》めようと割って入ったネルロイドガールだったけど　カミキリーザの足に蹴飛《けと》ばされた。

ネルロイドガールのこめかみの辺《あた》りに青いバッテンが走った。

「よくもやってくれたなこの野郎《やろう》!!」

そして、ネルロイドガールも参戦した。

あまりケンカの仲裁《ちゅうさい》には向いていない性格なのだ。

「ネルロイドバックスピンエルボ――――!!」

「ハイパーミラクルデンジャラスキィイイック！」

「土木工事ミサイル発射!!」

どげ〜〜〜〜〜〜〜〜〜〜〜ん！

戦いに巻き込まれて、ビルがあっさりと倒壊《とうかい》した。

「ＯＨ！　ＮＯ！！！」

現場監督が卒倒《そっとう》した。


「な〜〜〜〜〜んか、向こうが騒がしいわね」

動物園で女王様やってるヒヤシンスが呟《つぶや》いた。

相変わらず下僕《しもべ》の背中に乗ってた。後ろにはライオンやらゾウやらサイやらの動物の群れがくっついてた。

もう面倒《めんどう》くさくなって全員一緒《いっしょ》にやっちゃおうってことで出来上がった動物の行列だ。

「ちょっと、ター吉」

一匹のハゲタカが飛んで来た。この動物園のハゲタカだ。

「何が起こってるのか見て来てくれない？」

ぎゃーすぎゃーす。

がらがら声で返事すると、ハゲタカは空へと飛んでった。

しばらくしてハゲタカは戻って来た。

ぎゃーすぎゃーすぎゃーす。

「え？　それ本当？」

ギャースギャースギャース。

人知を超えた会話が行われた。

「分かったわ。まさかそんなことになってるなんてね」

ヒヤシンスが下僕の背中を下りた。

「何かあったんですか？」

「ドッコイダーとネルロイドガールとマロンフラワーが戦ってるそうよ」

「そんな、今日は市民感謝デーだってのに。どうして」

「そんなことは分からないわ。ただ一つ分かってることは」

ヒヤシンスはムチをぎゅって握り締めた。

「こんな所でヒマを潰《つぶ》してる場合じゃないってことよ」

ヒヤシンスのムチが下僕をうちすえた。

「あひ〜〜〜〜〜〜〜〜〜！」

度重《たびかさ》なるムチの刺激に、下僕の体に埋め込まれた３６５の動物遺伝子のうちの一つが目を覚ます。

「現れたわね！　宇宙ダチョウ男！」

凶悪《きようあく》そうな面構《つらがま》えの怪人《かいじん》に、ヒヤシンスは満足げに息を吐き出した。

「行くわよ！　宇宙ダチョウ男！」

「だっちょだっちょ！」

ヒヤシンスを背中に乗っけて、宇宙ダチョウ男は走り去って行った。

動物園職員達と、猛獣《もうじゆう》達が残された。

ヒヤシンスって女王様を失った猛獣達は、これ幸いと暴《あば》れ出した。

「うぎゃ〰〰〰〰〰〰〰〰！」

ライオンに追いかけられ、園長が叫んだ。


所変わってこちらはタンポポとエーデルワイス。

撮影タイムということで、大きいお友達にぱしゃぱしゃ写真を撮《と》られてるところだった。

「タンポポちゃ〰〰〰ん。こっち向いて〰〰〰」

「エーデルちゃん。そこで笑顔笑顔」

そんな中、二人の耳にこんな話し声が聞こえた。

「おい聞いたか？　ネルロイドガール姉さんとマロンとおまけのドッコイが戦ってんだって」

「マジかよ！」

「マジマジだよ。姉さん追いかけてる奴《やつ》からさっき写メールが入ったんだもん。やっぱ戦ってる姉さんは最高です！　ってコメント付きで」

「えぇえぇえ！　ど〜〜〜して市民感謝デーなのに！　戦っちゃダメってことになってるのに！」

タンポポが青くなった。

「行かなくっちゃ！」

タンポポはステージを飛び出した。

「ああ、タンポポちゃん待って！」

タンポポファンがその後を追いかける。

「そこで転《ころ》んでぇ！　タンポポちゃん」

「転ぶ時にあわわわわわって言ってぇ！」

ふざけた注文が飛んだ。

「戦っておるのだと」

エーデルはゆっくりと笑い始めた。

「にーっふっふっふっふっふっふっふ。にゃーっはっはっはっはっはっはっは」

ぱしゃぱしゃフラッシュを浴びながら、エーデルは笑った。

「面白い！　やはりそうでなくてはな。妾《わらわ》もこんなことしてる場合ではないぞよ」

「みんな、エーデルちゃんのためにスペースを開けるんだ！」

エーデルファンがざざっと動いた。ちょっとした広場ができる。

エーデルはドレスの中から一摑《ひとつか》みの粘土《ねんど》人形を引っ張り出した。

そして、手早く準備を整えると呪文《じゅもん》を唱え始めた。

「エーデルワイス・エーデルワイス・エーデルデルデル・エーデルワイスワイス」

電子レンジでチンするよりもお手軽に、ゴーレムが完成した。

コッペパンにたくさん手足をくっつけたようなゴーレムだ。

「行くぞよ。コッペンパ〜ン」

『こっぺ〜〜〜〜ん』

元気よく出撃しようとしたコッペンパーンを、エーデルは制した。

「待て、コッペンパ〜ン」

ぱしゃぱしゃフラッシュをたかせる大きいお友達を見渡してから、エーデルは命令した。

「軽くウォーミングアップをしていくぞよ」

『こっぺ〜〜〜〜〜〜〜〜ん！』

コッペンパーンは周りで写真とってる連中を襲い始めた。

大きいお友達は叫んだ。

「そんなあ」

タンポポが到着すると、噂《うわさ》通り戦いが繰り広げられてた。

マロンフラワーにネルロイドガールにドッコイダー。さらにヒヤシンスまでいる。

「どうして……」

口をぱくぱくさせていると、追っつけ駆けつけて来たエーデルワイスまで参戦しやがった。

「妾《わらわ》を忘れるでないぞ！」

「何をこしゃくな！」

「ほーっほっほっほっほ、やっておしまい！　ダチョウ男！」

「その言葉、のし紙つけてお返しするぜ」

血気《けっき》盛んな人達だからすっかりノリノリで戦ってる。

「ちょっとみんな、止めてって。今日は戦っちゃダメな日なんだからさ。ちょっとみんな」

聞いちゃいなかった。どっかんばっかんの戦いはさらに続く。

タンポポは、最寄りの四次元から宇宙拡声器を引っ張り出すと、ボリュームをデンジャーレベルにまで上げて力の限り叫んだ。

「ダメエエエエエエエエエエエ！！！！」

全員悶絶《もんぜつ》した。

ちなみに、これが止《とど》めになってビルは完全に倒壊《とうかい》した。

「みんな何考えてるの！　今日は市民感謝デーなんだよ！　戦っちゃいけない日なんだよ！

それなのに、みんなの迷惑《めいわく》になるようなことしてど――するの！」

「お、お主《ぬし》も人のこと言えんがな」

よろよろっとした手つきで、マロンフラワーが指さした。

近くにいた野次馬《やじうま》のみな様がみんなして泡《あわ》をふいて倒れてた。タンポポの音波攻撃の餌食《えじき》になったのだ。

「えへへ」

軽く笑って誤魔化《ごまか》してから、またタンポポはいい子ちゃんの顔になって叫んだ。

「とにかく、戦っちゃダメだって」

「やかましい！　先に勝負をしかけてきたのはドッコイダーじゃわい！」

「えええ!!」

マロンフラワーの言葉に、タンポポは驚愕《きょうがく》した。

「そんな……ど〜〜ゆ〜〜〜〜こと？　ドッコイダー！」

辺《あた》りを見渡すけど、ドッコイダーはいなかった。

「ドッコイダー!!」

「おーい、ここにいるぞ」

ビルの瓦礫《がれき》に埋まってたドッコイダーを、ネルロイドガールが掘り出した。

「ど〜〜〜ゆ〜〜〜こしなのドッコイダー！　答えてよ！」

「私は勝たねばならんのだ！」

ドッコイダーはだーだー流れる涙をそのままに叫んだ。

「私の勝利を楽しみにしている余命《よめい》いくばくもない少女がいるのだ！　その少女のために、私は勝たねばならないのだ！」

辺りがしんと静まり返った。

「そ〜〜〜〜ゆ〜〜〜〜ことだったのかよ」

ネルロイドガールがフンって鼻を鳴らした。

「だったらそうだって早く言ってくれりゃいいのによ」

「まったくじゃわい」

「な〜〜んか、戦う気分がうすれちゃったわね」

「………妾《わらわ》もじゃ」

犯罪者連中がはあって息を吐き出した。

「どーする？」

「ど〜〜〜するも何も……市民感謝デーじゃからな。やはり住民のためになることをしなくちゃならないんじゃないのか」

「そうね、不本意《ふほんい》だけど市民感謝デーだものね。お芝居《しばい》の一つくらい」

「ふん、仕方ないぞよ」

犯罪者トリオが何を考えてるかなんとなく悟《さと》ったタンポポは、そっと涙した。

「みんな」

6

「ふわーっはっはっはっはっはっはっは」

「おーっほっほっほっほ」

「にゃーっはっはっはっはっはっは」

中空中央病院《なかそら》の中庭にて、そんな笑い声が響き渡った。

「何だろ？」

不思議に思った典子《のりこ》ちゃんは、ベッドを飛び出し窓から外を見た。

そしてあっと声を上げた。

宇宙犯罪者三人組がずでんといた。

「この中空中央病院はわしらが占拠《せんきょ》する！」

「妾《わらわ》達に刃向《はむ》かうというなら容赦《ようしゃ》はしないぞよ」

「そ〜〜ゆ〜〜〜〜こと」

悪者声を響かす三人の前に、ネルロイドガールが飛び出した。

「お前らの好きにはさせないぜ！　おりゃあああ」

果敢《かかん》に飛びかかっていくネルロイドガールだったけど……。

ゴキってマロンフラワーのメカに殴《なぐ》られ。

バキっとヒヤシンスの怪人《かいじん》に蹴《け》り飛《と》ばされ。

ドガってエーデルワイスのゴーレムに体当たりされた。

「くそ、ここまでかよ」

ガクってネルロイドガールが大地に沈んだまさにその時だった。

笑い声が響いた。

「なーっはっはっはっはっはっはっは」

中庭にある木の天辺《てっぺん》に立ってたのはブルーなボディーの憎《にく》い奴《やつ》だった。

男の眉毛《まゆげ》が光る奴だった。

我らがドッコイダーだ。

「悪を倒せとよぶ声が、熱いハートを刺激する。どんな敵が相手でも、決して背中は見せないぞ。株式会社オタンコナス製作、超特殊汎用《はんよう》パワードスーツ・ドッコイダー！　台本通りただ今参上《さんじょう》！」

トア〜〜ってドッコイダーは勢いよく飛んだ。くるくると回転して華麗《かれい》に着地した（頭から）。

しかもかなりの衝撃《しょうげき》だったのか、ピクリとも動かない。

まいっちゃったな〜〜〜〜って空気が、犯罪者三人を渦巻《うずま》いた。

「ぐあああああああ」

マロンフラワーが何故《なぜ》か倒れた。

「い、いつの間にわしの体にチョップを三発も」

「ぬおおおおおおお」

ヒヤシンスも倒れた。

「目にも見えない速度で、私の体にパンチが」

「うぎゃあああああ」

エーデルもやっぱり倒れた。

「そんな、あの一瞬で妾《わらわ》に頭突《ずつ》きを食らわせるなんて！」

三人がばったりしてからしばらく、ドッコイダーはやっと意識を取り戻して大地にはまってた頭を引っこ抜いた。

「覚悟しろ悪党め…………」

悪党はもう倒れてた。

ちょっとだけ首を傾《かし》げたドッコイダーだけど、すぐに腰に手を当てて笑った。

「なーっはっはっはっはっは。正義は勝つ！」

勝利のVサインだって忘れなかった。

「うわ〰〰ドッコイダーすごいよすごいよ」

すっごく不可解《ふかかい》な戦いだったけれど、典子《のりこ》ちゃんは気にしなかった。すっごく喜んだ。

「やっぱりドッコイダーはすごく強かったんだね」

「な〰〰〰〰に、これで約束は果たせたかな」

「うん」

こっくりと頷《うなず》いてから、女の子は笑顔で言った。

「これで、アタシも安心してオーストラリアに行けるよ」

…………………………………………。

一陣《いちじん》の風が吹いた。

「おーすとらりあ？」

「うん。パパの仕事の関係でね、オーストラリアに行かなくちゃいけないんだ」

また風が吹いた。

「一つ聞いてもいいかな？」

ドッコイダーはとってもニヒルに尋《たず》ねた。

「君が入院してる理由って」

「あはは」

ちょっと恥《は》ずかしがって、女の子は答えた。

「お腹《ナカ》壊しちゃったの。明日《あした》には退院するんだよ」

最後にもう一回、風が吹いた。桜《サクラ》の葉っぱがドッコイダーの目の前を通りすぎて行った。

「あっはっは。何だそうだったのか」

ドッコイダーは笑った。

「いや〰〰〰、私の勘違《かんちが》いだったのか。あっはっはっは」

笑うドッコイダーの後ろで、倒された犯罪者達がむっくりと起き上がった。ネルロイドガールも一緒《いっしょ》だった。

「おい」

険悪《けんあく》ってのを絵に描いて額縁《がくぶち》にはめ込んだようなネルロイドガールの声が届いた。

「ど〰〰ゆ〰〰ことだよ?」

「まあ、日本全国どこにでもあるような些細《ささい》な勘違いという奴《やつ》だ。気にしないでくれ」

あっはっはって笑うドッコイダーだけど、他《ほか》の面々《めんめん》は笑っちゃくれなかった。

「ドッコイダー!!!!」

その後、本当の戦いが始まったけど、詳《くわ》しい掲載は省《はぶ》く。

7

そして翌日。

「いや〰〰〰、子供と一緒《いっしょ》に汗を流すというのはいいことだね。心が洗われたよ」

UOS本部に、モグモッグルがすがすがしい笑顔で出勤した。

「あ〰〰、オギワラ君。昨日は休日出勤させてすまなかったね」

オギワラは無言で書類の束を突き出した。

「昨日の報告書です」

「うむ」

サングラスをちょいと押し上げると、渡された報告書に目を落とした。

「まあ、感謝デーのおかげで地域住民達の怒りも多少は収まっただろう。これで審査を続けることが…………」

モグモッグルは言葉を止めた。

サングラスを外《はず》すときゅっきゅとレンズを拭《ふ》いてからまたかけて書類に目を落とす。

「そういうわけで、地域住民達の不満は前よりいっそう激しく燃え上がってしまいました。可《か》及的《きゅうてき》すみやかに何らかの対応が必要だと思われます」

モグモッグルは書類を握り締めると、力一杯叫んだ。

「なんでだ――――――！」


そして……激動の市民感謝デーから一夜が開けたコスモス荘。

「はい、湿布《しっぷ》貼《は》り終わったよ」

「うう、ありがとう小鈴《こすず》」

蒲団《ふとん》の上にうつぶせになった鈴雄《すずお》がかすれ息で言った。

なんてことない。昨日犯罪者連中とネルロイドガールにこてんぱんにされたのだ。

「そりゃ勘違《かんちが》いした僕が悪いんだけど、何もあんなにも怒ることないのにな」

「しょうがないよ。正体《しょうたい》がばれなかっただけありがたいと思わなくちゃ」

救急箱をパタンと閉めて、小鈴が言った。

「それじゃ、アタシ買い物に行って来るね」

「ああ」

「行って来ま〜〜〜す」

買い物カゴぶら下げて小鈴は家を出る。だけどちょっとお隣《となり》に寄り道だ。

「朝香《あさか》お姉ちゃん朝香お姉ちゃん」

戸をどんどん叩《たた》いたら、眠そうな顔した朝香が出て来た。

「お、小鈴か。何か用事か？」

「はい、野菜クズ」

ビニール袋を突き出した。

「ハナちゃんにいいかなって思って取っておいたんだ」

「ああ、サンキュー」

袋を受け取った朝香《あさか》は、二、三度目をしばたたかせてから呟《つぶや》いた。

「しまった。忘れてた」


中空《なかそら》市内のペットショップ。

「うわ〰〰〰、この子かわいいわ」

「本当本当」

すっかりアイドルになってる動物がいた。

ちょっと変わったウサギさんだ。

ウサギさんはガラスケージの中でぶすっとしてた。

「おかしい。昨日《きのう》の夕方にネルロイドガールが迎えに来ることになっとったはずやのに。なんでや、なんでこないんや」

ハナモモンチョも、市民感謝デーの奉仕活動ってことでペットショップのマスコットやってるのだ。

「はいはい、ごめんなさいよ」

ペットショップのおじさんが、段ボール箱抱《かか》えてやって来た。

「ちょ〰〰っとケージの掃除しなくちゃいけないからさ、ここに入れさせといてくださいよ」

ハナモモンチョのケージにどさどさ入れられるのは色とりどりのウサギ達だった。

「ちょ、待つんや！」

おじさんはハナモモンチョの声も聞かずに行ってしまった。

ハナモモンチョは唇《くちびる》を噛《か》み締めた。ウサギにはあまりいい思い出がないのだ。

一度、中空町《なかそらまち》第一小学校のウサギ小屋に間違ってつっこまれてウサギ達にどつかれた苦《にが》い苦い思い出があるのだ。

「いや、ペットショップのウサギがそないに凶暴《きょうぼう》なはずはないやろな。うんうん」

自分に言い聞かせてウサギ達を見やる。

何かスネに傷のありそうなウサギ達だった。

「よ、よろしくな」

愛想《あいそ》よく笑顔を向けるけど。

ギロって睨《にら》まれた。突き刺さるような視線だった。

「ひぃいいいいいいいい！！！」

ハナモモンチョは恐怖《きょうふ》した。

なんだよお前は、俺《おれ》らが新参《しんざん》ものだからって嘗《な》めんじゃね〰〰〰ぞ。

そんな目付きでウサギ達が寄ってくる。

「姉さん！　早く助けに来てや〰〰〰〰〰〰〰〰〰〰〰〰〰〰〰！」

ハナモモンチョの悲痛な叫びが、ペットショップに響いた。

ＰＳ　彼が救出されるのは、それから半日ほど経《た》った後のことだった。
ＰＳ２　ハナ一《ハジメ》のウサギ恐怖症《きょうふしょう》が再発した。治る気配はまだない。

あとがき

「もう一冊『コスモス』を書きませんか？」

そんなことを言われたのは、確か焼肉屋だったような気がする。

「はっはっは、そりゃームリですよ」

牛タンか何かを頬張《ほおば》りながら、僕は言ったもんだ。

理由は単純だ。

あまりにも時間がたちすぎてて、どんな話だったかよく覚えてなかったからだ。

それでも担当様は勘弁《かんべん》してくれなかった。

さすがに悪いなって思った僕は、折衷案《せっちゅうあん》を出すことにした。

「『コスモス荘』はムリですけど、『コスモス荘』みたいなのなら出来ます」

「ほ――――、どんなの？」

担当様がちょっと興味をしめしてきた。

しめしめって思った。

実は前々から変身ヒーロー物をもう一度やりたいな〜〜なんて思って考えてたとこなのだ。

僕は意気込んで説明を始めた。

「主人公は小学生の男の子なんですよ。夏休みにデパートで変わったカブト虫を買ってもらったところから物語は始まるんですよ。そのカブト虫は普通のカブト虫じゃなくて、実は宇宙人だったんですよ。セクト星って昆虫の星から、犯罪者達を追いかけてやって来たところ、捕まってしまいデパートで売られてしまってたんですよね。で、少年はその宇宙犯罪者を捕まえるために、力を貸すことになったんですよ。宇宙のテクノロジーで変身し、敵の宇宙犯罪者（昆虫形）を捕まえるんですよ。タイトルは、『昆虫捕獲戦士《ほかくせんし》！　ムシトリダー！』、サブタイトルは、『夏休みの英雄』。ど————ですか？」

内心いけるなって思った。

だけどいけなかった。

担当さんは少しも考えずにおっしゃった。

「『コスモス』でやってよ」

とゆ————わけで、もう一度『コスモス』をやることになってしまいました。

とりあえず、忘れていた記憶を取り戻すために矢上さんの漫画を読みました。

そして叫びました。

「そうか！　ネルロイドガールの正体《しょうたい》は朝香《あさか》だったのか！！！」

……………さすがにこれは冗談《じょうだん》だけれども、けっこう忘れてました。

サブキャラクターの名前だとか、誰《だれ》が何号室にいるかって部屋割りとか。

人間とゆーものは物事を忘れる生き物だなってことをしみじみと感じました。

だけどまー、だから生きていけるのかなって思い直したりもしました。いやなことをいつまでも鮮明《せんめい》に覚えてたら精神が参《まい》ってしまうから。

にしても、宇宙人のフルネームにはまいっちゃいました。


タンポポ・トコドッコ・ポポール。

ハナモモンチョ・モンチョッチョ・モンブラン。


思いつきだけで作った名前だから、思い出せるわけがない。一生懸命《けんめい》原作を開いて調べました（おいおい）。

思いつきだけで書くのは危険だ。

そう心に刻《きざ》み込《こ》んだはずなのに。

今回もしっかりやってしまいました。

モグモッググルのフルネームとか。

オギワラがノストラーダ星人だとか。

エーデルが持ってるバトンに一族の歴史が刻《きざ》まれてるとか。

言うまでもなく思いつきだけでやってるので、深いとこは突っ込まないでください。

108の必殺技と同じく、考えてません！（いばるな！）

そういえば、どうして108にしたんだっけな？　きっと思いつきだったんだろうな？　きっと除夜《じょや》の鐘《かね》にちなんだんだろうな？

それにしても、『それ行けドッコイダー』というふざけた仮《かり》タイトルで書き始めたこの作品がアニメになるなんて、思ってもみませんでした。

これも一重《ひとえ》に、僕じゃない人達の努力によるものだと思ってます。

感謝！　感謝！　感謝！

やっぱりアニメのスタッフの方々はすごいな〰〰〰〰〰〰。なんて思いながらテレビを見てます。

気分はちょっとフンコロガシの気分です。

よし、僕もがんばろう。

ちなみに、動くドッコイダーの頭のピンポン玉を見ながら激しく後悔《こうかい》してしまったことがあります。

「しまった！　この王を使ったすんごい必殺技を考えておくべきだった!!」

あの玉を地面に埋《う》めて水をかけるとミニドッコイダーが生まれるとか。

あの玉を巨大化して敵の頭上から落とすとか。

実はあの玉は特別な制御《せいぎょ》装置で、あれを外すとドッコイダーの隠《かく》された力が発揮されるとか。

あの玉をブチって取って卓球を始めるとか。

いわゆる後の祭りとゆーものです。

機会があったらやろ（おそらくもう機会はないんだろうけど）。


え～～～～、最後になりましたが、今回この『住めば都のコスモス荘ＳＳＰ』を書き、そしてアニメを見て重大なことに気がついてしまいました。

思えば、このシリーズをやり始めた頃《ころ》、一番好きな女性キャラは朝香《あさか》でした。気の強い女の子を書きたいってのもあったし。

だけど、今は栗華《くりか》が好きです。

やっぱり眼鏡《メガネ》は強いです。

って言うか、アニメのロボットタイプから人間タイプへのチェンジシーンにＫＯされました。

きっと僕だけじゃないはずです!!

きっと！！！！！！！！

ではではでは

阿智太郎

追伸１　矢上さん。いつもお世話になってます。すっかりお任せ状態で申し訳ございません。
追伸２　宇宙ＳＦ物もまたやりたいな〰〰〰〰。
追伸３　『ムシトリダー！』なんちゃって企画でどっかでやろうかな。

◉阿智太郎著作リスト

「僕の血を吸わないで」（電撃文庫）
「僕の血を吸わないで② ピーマン戦争」（同）
「僕の血を吸わないで③ ドッキンドッキ大作戦」（同）
「僕の血を吸わないで④ しとしとぴっちゃん」（同）
「僕の血を吸わないで⑤ アクシデントはマキシマム」（同）
「住めば都のコスモス荘」（同）
「住めば都のコスモス荘② ゆ〜えんちでドッコイ」（同）
「住めば都のコスモス荘③ 灰かぶり姫がドッコイ」（同）
「住めば都のコスモス荘④ 最後のドッコイ」（同）
「住めば都のコスモス荘ＳＰ 夏休みでドッコイ」（同）

「九官鳥刑事《デカ》　明日は我が身の九官鳥」（同）
「おちゃらか駅前劇場　阿智太郎短編集」（同）
「僕にお月様を見せないで①　月見うどんのバッキャロー」（同）
「僕にお月様を見せないで②　背中のイモムシ大行進」（同）
「僕にお月様を見せないで③　あぁ青春の撮影日記」（同）
「僕にお月様を見せないで④　北極色の転校生」（同）
「僕にお月様を見せないで⑤　思ひでぼろぼろ」（同）
「僕にお月様を見せないで⑥　アヒル探して三千里」（同）
「僕にお月様を見せないで⑦　29番目のカッチョマン」（同）
「僕にお月様を見せないで⑧　楓とオオカミの一日」（同）
「僕にお月様を見せないで⑨　唐子とオオカミの夜」（同）
「僕にお月様を見せないで⑩　オオカミは月夜に笑う」（同）
「なずな姫様SOS　CD付きだョ！　豪華版!!」（同）
「なずな姫様SOS　目に入らないよ紋どころ」（同）
「僕の血を吸わないで　ザ・コミック」（同）
「いつもどこでも忍^{2}ニンジャ①　出会ったあの娘はくの一少女」（同）
「いつもどこでも忍^{2}ニンジャ②　暗殺デートは素敵にとっきゅん」（同）

本書に対するご意見、ご感想をお寄せください。

■

あて先

〒101-8305 東京都千代田区神田駿河台1-8 東京YWCA会館
メディアワークス電撃文庫編集部
「阿智太郎先生」係
「矢上 裕先生」係

■

電撃文庫

住《す》めば都《みやこ》のコスモス荘《そう》ＳＳＰ《スーパースペシャル》

お久《ひさ》しぶりにドッコイ

阿智太郎《あちたろう》

発行　二〇〇三年九月二十五日　初版発行

発行者　佐藤辰男

発行所　株式会社メディアワークス
〒一〇一-八三〇五東京都千代田区神田駿河台一-八
東京ＹＷＣＡ会館
電話〇三-五二八一-五二〇七（編集）

発売元　株式会社角川書店
〒一〇二-八一七七東京都千代田区富士見二-十三-三
電話〇三-三二三八-八六〇五（営業）

装丁者　荻窪裕司（META－MANIERA）

印刷・製本　加藤製版印刷株式会社

落丁・乱丁本はお取り替えいたします。

定価はカバーに表示してあります。

ISBN4-8402-2456-0 C0193

電撃文庫創刊に際して

文庫は、我が国にとどまらず、世界の書籍の流れのなかで〝小さな巨人〟としての地位を築いてきた。古今東西の名著を、廉価で手に入りやすい形で提供してきたからこそ、人は文庫を自分の師として、また青春の想い出として、語りついできたのである。

その源を、文化的にはドイツのレクラム文庫に求めるにせよ、規模の上でイギリスのペンギンブックスに求めるにせよ、いま文庫は知識人の層の多様化に従って、ますますその意義を大きくしていると言ってよい。

文庫出版の意味するものは、激動の現代のみならず将来にわたって、大きくなることはあっても、小さくなることはないだろう。

「電撃文庫」は、そのように多様化した対象に応え、歴史に耐えうる作品を収録するのはもちろん、新しい世紀を迎えるにあたって、既成の枠をこえる新鮮で強烈なアイ・オープナーたりたい。

その特異さ故に、この存在は、かつて文庫がはじめて出版世界に登場したときと、同じ戸惑いを読書人に与えるかもしれない。

しかし、〈Changing Time, Changing Publishing〉時代は変わって、出版も変わる。時を重ねるなかで、精神の糧として、心の一隅を占めるものとして、次なる文化の担い手の若者たちに確かな評価を得られると信じて、ここに「電撃文庫」を出版する。

1993年6月10日
角川歴彦